叩く

tataku

高橋弘希

新潮社

目次

カバー写真　竹之内祐幸

叩く

叩く

目が覚めたとき、佐藤は見知らぬ家の居間で身体を横たえている自分に気づいた。二メートルほど先の壁際では、老婆が結束バンドで後ろ手に縛られた状態で横臥している。佐藤は次第に現状を理解し始める。つまり俺は、塚田に裏切られたのだ。裏切るような奴だと思っていたが、まさかこんな強硬手段に出るとは——。

老婆は瞳を閉じ、手拭で猿轡《さるぐつわ》をされた状態で、ぴくりとも動かずに弛緩している。塚田は老婆を殺したのだろうか——、絨毯に手をついて立ち上がろうとすると、後頭部に鈍い重い痛みを覚え、佐藤はその場に尻もちをついた。尻もちの音で、老婆はぱっと瞳を開けた。何かを訴えるように、じっとこちらを見ている。佐藤は自身の後頭部の、鈍く重く痛むあたりを手の平で触る。手の平を見ると、赤黒い細々《こまごま》とした塊が付着していた。そこで初めて、佐藤はニット帽が脱げていることに気づいた。ゴーグルとマスクが外れていることにも。

老婆は未だ訴えかける瞳で、じっとこちらを見ている。顔が割れた、いや、自分が意識を失っている間も、老婆はこちらを見ていたに違いない。となると、およその年齢や体格や顔立ちを把握された。目鼻耳の形、黒子《ほくろ》の位置まで見られている。佐藤には眉間の少し上に、小豆大の黒子があった。子供の頃に大仏様と揶揄された、特徴的な黒子――。

「なにを見てやがる、ぶっ殺されてぇのか！」

老婆は唇の端から涎を垂らしつつ、ふがふがと声にならない声を洩らす。白髪を一つ縛りにして、皺は多いが染みは少なく、二重瞼でぱっちりした瞳の、額に数センチの赤い傷のある、水玉のワンピース姿の老婆――、自分が老婆の特徴を覚えたように、老婆にも俺の特徴を覚えられた。殺すしかない。老婆の記憶の中の俺を消すには、老婆を消すしかない。

佐藤は未だ鈍く痛む後頭部を手の平で押さえつつ、珠すだれをくぐって台所へ入った。流し脇のスタンドに、数本の文化包丁が差してある。佐藤はその中の一本を引き抜き、柄を強く握りしめる。包丁を手に振り返ると、正面に冷蔵庫があった。全身はぐっしょりと汗に濡れており、頭は沸騰したように熱い。途端に堪え難い喉の渇きを覚え、徐《おもむろ》に冷蔵室のドアを開ける。ドアポケットに、作り置きの麦茶のボトルが入っていた。その冷えた麦茶をコップに注ぎ、喉を鳴らして一息に飲み干す。再び包丁を手にして居間へ戻ろうとするも、あることに気づいて慌てて振り返る。コップの縁には、おそらく唾液が付着している。唾液から犯人を特定して逮捕したという事件を、どこかで聞いた気がする。

コップを手に洗い場へ向かうと、シンクに数本の茹でたトウモロコシがザル揚げされていた。

今度は喉の渇きではなく、空腹を覚え、そのトウモロコシを手に取り、真ん中から半分に割って貪った。トウモロコシの甘い粒を嚙み砕きながら、俺はいったい何をしている、と我に返り呆れる。どこかで一家を惨殺した殺人犯が、犯行後も家に居坐ってアイスを食っていたという異常な話を思い出す。今ならば、その殺人犯の気持ちも分かる。そいつは一仕事を終えたのちに、どうしても冷たくて甘いアイスが食いたかったのだ。

喉の渇きを潤し、小腹を満たすと、いくらかまともに頭が働き始める。辺りを見渡してみると、金持ちの家とはいえなんとも平凡な台所だ。四百五十リットルほどの冷蔵庫に、電子レンジに炊飯器にオーブントースター、食卓には花柄のクロスが敷かれ、醬油差しやら塩やら胡椒やらが並んでいる。佐藤はその花柄のクロスの上に包丁を置き、椅子へと腰を下ろす。そしてこの見知らぬ家の、平凡な台所へ行き着くまでの経緯を思い起こす。

――仕事に協力してくれる人材を募集します、経歴不問、できれば体力のある二十代から三十代のかた。(塚田)

闇職掲示板"How Low Work"通称ハウロウで、その書き込みを見たのは一昨日のことだ。佐藤はこれまでにもハウロウを使い、二件の仕事をしていた。一件は先方から渡されたクレジットカードを使い、みどりの窓口で、新幹線の回数券を買う仕事だった。偽造クレカではないかと思い、認証手続のさいには心臓が早鐘を打ったが、こともなく回数券を購入できた。依頼人に回数券を渡し、報酬三万。おそらく何らかの法に抵触しているのだろうが、悪くない案件だった。

二件目は、大久保から高崎市の安アパートまで、幅三十センチほどの段ボール箱を運ぶ仕事だった。佐藤は車を所有していないゆえ、電車を乗り継いで高崎へ向かった。箱の中身は分からない。重さは五百グラム程度で、頭の横で揺すってみると、からからと乾いた音がした。田園風景の広がる長閑な平野の一画に、二階建ての安アパートはあった。指定された一〇三号室のチャイムを鳴らすと、長髪に髭面の中年男が顔を出した。これって何系のものなんですかね、と佐藤は興味本位で訊いた。中年男は仏様のような柔和な笑みを浮かべ、うんうんとゆっくりと頷きつつ箱を受けとり、現金の入った封筒をこちらへ渡してドアを閉めた。封筒の中を見ると、万札十枚が入っていた。おそらく何らかの法に抵触しているのだろうが、やはり悪くない案件だった。

そして三件目が、今日の案件だ。その塚田と名乗る男とフリーメールでやり取りするうちに、仕事内容が空き巣の補助だと判明した。空き巣ならば、完全に犯罪だ。しかし金繰りに窮していた佐藤にとって、今回の案件はあまりに魅力的だった。塚田と初めて会ったのは、ほんの三時間前のことだ。年齢は四十前後、狐目でのっぺりした顔で、ときに薄い上唇を蛇のように舌で舐めつつ、猫撫で声で喋る饒舌な男――、西新宿で待ち合わせたのちに、彼の運転する軽自動車の中で、今日の計画を聞かされた。

――東京都墨田区××の、茂木洋二郎の邸宅の金庫に多額の現金があることは、信頼できる情報屋から買ったネタだ。茂木洋二郎は不動産業で財を築き、庭付き一戸建ての邸宅に高級車二台を所有している。でも正確に言えば、財を築いたのは洋二郎じゃなく、親父の一郎だ。つまり洋二郎は成金息子で、親父が死んで、財産やら不動産物件やらを相続した。おまえの親父は金持ちか？　残念ながら俺の親父は金持ちじゃねぇ、借金しかねぇアル中の老いぼれだ。金持ちの家に生まれれば将来は金持ち、世の中は不公平だぜ。で、盆前に一家は洋二郎の嫁の生家の田舎へ帰るが、持病のあるババァだけは家に残る。ババァは夕方から三十分ほど、近所のスーパーへ買物にでかける。ババァの帰宅直後に、玄関へ押し入って縛りあげる。情報が確かなら、金庫の番号をババァは知っている。マザコン洋二郎に、強欲ババァ、まったく絵に描いたような成金息子だぜ。

——おめぇ、ハコビはやったことあるって言ってたが、タタキは初めてか？　なぁに、安心しろ、前科六犯、ムショとシャバを往復してる俺は、かつてもっとヤバい仕事も成功させている。そのヤバい仕事に比べれば、今回の案件はイージーだ。この案件に参加できるおまえはラッキーだぜ。六犯目でも弁当がついた、俺と同じくらいラッキーだぜ。金庫内の金がいくらでも、取り分は半々だ、俺は気前がいいからな、情報通りならば、二千万近い金が保管されている。上手くいけば、すべての仕事は一時間で終わる。おまえ、自動車工場の期間工とか言ってたな。期間工は時給換算いくらだ？　千円か？　二千円か？　俺たちは時給一千万だ、悪い話じゃねぇだろう。工場で車を組み立てるより、簡単な仕事だろう。

空き巣というのは、家人が不在の間にこっそり金を盗むものだと思うが、家人を脅して金を奪うことも空き巣の内なのだろうか、佐藤には分からない。塚田はスーパーの駐車場に軽自動車を停め、そこからは徒歩で茂木邸へ向かった。茂木家の広い敷地には、二階建て住宅に、芝生の庭に、車二台を停められるガレージがあり、傍目にも富裕層だと分かる。二人は茂木邸の玄関脇の柘植《つげ》の垣根の陰に身を潜めて、老婆の帰りを待った。

ちくしょう、ホームセンターで虫除けスプレーも買ってくるんだったな、塚田は頻りに自身の首筋を叩いていた。塚田の首筋には、すでに虫刺されによる二つの発疹があった。汗の滲む塚田の首の周囲を、蚊は弾むように飛ぶ。塚田がぴしゃりと平手で首筋を打つと、蚊は弾むように逃げていく。これから犯罪をするというのに、不思議と心が穏やかな自分に気づく。佐藤にはどこか諦めの気持ちがあった。俺だって本当は盗みなんてしたくない、なるべくしてなったのだ。なるべくして、こんなふうに前科六犯の男の首筋の赤らんだ小さな膨らみをぼんやり眺めているのだ。

と、街路の向こうから、一人の小柄な老婆がスーパーのレジ袋を片手に歩いてきた。塚田と佐藤は、垣根へやや身を寄せて、老婆の死角へと入る。老婆は郵便受けから夕刊と何枚かの葉書を取り出し、玄関の鍵を開ける。ドアの隙間がゆっくりと広がっていく。塚田が佐藤の肩を小突く。二人は老婆を隙間の向こうへ押し込めて玄関へ侵入し、すぐさまドアを閉めて鍵を掛けた。老婆は夕刊と葉書を落とし、丸い瞳でこちらを見上げた。その丸い瞳の老婆を、有無を言わさず結束バンドで後ろ手に縛りあげていく。手拭で猿轡まですると、塚田は老婆の財布から小さなスティックキーを取り出した。そのキーを、玄関の壁に設置された端末へ差し込む。

金庫は、一階の六畳間のジッパークローゼットの中にあった。塚田の買った情報は間違っていた。四方六十センチほどの銀色の箱の中には、二千万ではなく、二億に及ぶだろう札束が整頓して積まれていた。その札束の山は、否応なく脳を覚醒させる。佐藤と塚田は一心不乱に、ボストンバッグへ現金を詰めた。これで借金はすべて返済できる、当分は贅沢ができる、数百万くらい競艇に突っ込んでもいいかもしれない。脳から黄色い汁が出た。万舟券を的中させたとき以上の汁が、こんこんと脳から溢れてきた。その汁は、ある瞬間に外部からの力で攪拌された。ガツン、視界は闇に鎖されたのだ――。

佐藤は台所で麦茶をもう一杯飲み、再び椅子へと腰を下ろす。そしてこうも考える。老婆と交渉してみるのはどうだろう。死にたくなかったら、俺のことは他言するな。約束できるならば、命だけは助けてやる。ダメだ、意味のない交渉だ。俺がこの場を立ち去り、家族なり警察なりに救助されたのちに、事の経緯を説明しないはずがない。金庫からは高額の金も盗まれている。老婆の証言を元に、精巧な似顔絵が作成される。眉間に特徴的な黒子が描かれた、精巧な似顔絵が作成される。俺はいま老婆の人生を握っているが、老婆もまた俺の人生を握っている。

佐藤は花柄のテーブルクロスの上に置いた、文化包丁に目をやる。やはり殺すしかない。すでに一線を越えている。二億円強奪事件の共犯者だ。逮捕され裁判になった場合、量刑がどれ程かは知らないが、金の絡む犯罪は重いはずだ。下手すると十年はぶち込まれるんじゃないだろうか。十年もぶち込まれるなら、ぶっ殺して口封じをして逃げるほうが得策に決まってる。佐藤は文化包丁を手にして椅子から立ち上がり、珠すだれをくぐって居間へと飛び出していく。

老婆は横臥した状態で僅かに顔を持ち上げ、再び訴えるような瞳をこちらへ向けた。ふがふがと唇を動かしては涎を垂らす。俺を見るんじゃねぇ、俺を見る奴はぶっ殺してやる。包丁の刃先を老婆へ向けて凄む。しかしその声は、近隣住民に聞こえないよう配慮した、腑抜けた小動物の威嚇だった。佐藤は自身の情けない声を耳にすると、殆ど逃げるように珠すだれをくぐり台所へ戻った。そして半分に割った、残りのトウモロコシを躍起になって貪るのだった。


トウモロコシを平らげた佐藤は、台所を出て、茂木邸内を歩き回った。この家に押し入ったときは全く不明だった間取りが、次第に明らかになる。玄関を入って、右手に六畳の和室、金庫のあった六畳の収納部屋、水洗トイレ、洗面所に浴室、左手には十五畳ほどの居間があり、珠すだれを潜った先に台所がある。やや広めの二階建て木造建築で、どことなく佐藤の実家とも造りが似ている。二階で唯一立ち入っていない、六畳の和室を覗く。香の匂いが鼻腔を過《よぎ》る。和室の奥には、仏壇が置かれていた。唐木の黒檀だろうか、棚には桃色と緑色の落雁と西瓜とトウモロコシが供えられている。

鴨居の写真には、頭の禿げた人の良さそうな背広姿の老夫が写っていた。彼がかつての家主で、不動産で財を築いた茂木一郎だろう。鴨居へ続く柱には、日捲りカレンダーが掛けてあり、日付は今日になっていた。つまり老婆が、今日のどこかの時点で、昨日の日付を剥がしたのだ。横置きの香炉には、線香の形を崩していない白い灰が残っている。老婆は線香を一本あげて、日捲りカレンダーの昨日を剝がす、それが彼女の朝の日課なのだ、などと勝手に想像する。仏壇脇にも、二面額の写真立てが置かれており、命日と名前と享年が記されていた。茂木一郎は、八年前の三月七日に七十八歳で他界したらしい。

仏間を出て、二階へ通じる階段を上る。佐藤の実家と同じ、途中で折り返しがある階段だ。二階の廊下の左右には、子供部屋、寝室、書斎、水洗トイレ、洗面所があった。廊下の奥の部屋だけは、引き戸になっている。和室だろうと思いつつ引き戸を開けると、室内に気配を感じて息を飲む。窓際の薄闇の中で、何かが蠢いている。慌てて壁際の電気スイッチを押す。その一室は十二畳ほどの広間で、窓際の何かが蠢いていた場所には、鳥かごが吊るしてあった。

佐藤は安堵の溜息を洩らしつつ、鳥かごへ近づく。四方が四十センチほどの金網状の鳥かごで、止まり木には二羽の灰色の小鳥の姿があった。洋二郎の子供が飼育しているのだろうか。二羽は模様が同じなので、兄弟かもしれない。止まり木に並び、じっと佇んでいる。ふいにRPGに現れる敵キャラを想起し、右を鳥A、左を鳥Bと勝手に名づける。A、Bは、飼主でも客人でもない佐藤を、金網の向こうからじっと見ていた。思わず佐藤も、じっと鳥を見返す。

鳥の黒く丸い瞳からは、全く感情が読み取れない。瞳の漆黒の片隅には小粒の白光が宿っており、その光源は天井の蛍光灯だった。薄《うっす》らと、佐藤の顔も映りこんでいる。鳥の曲線を描く眼球の中で、佐藤の顔面もまた引き伸ばされたように歪曲していた。胸や腹は豊かな灰色の羽毛で覆われているが、細い二本の脚には産毛しか生えていない。足指は手前に三本、後ろ側に一本、各指の先端からは乳白色の鋭い鉤爪が伸びている。尾羽や風切羽には、ナイロンに似た光沢があり滑らかだ。左の鳥B、はどういう訳か片側の風切羽が斑《まだら》に抜けていた。

鳥かご以外には、型の古いテレビと、型の古い首振り扇風機が置いてあるだけの畳の広間だ。佐藤はリモコンを手にして、テレビを点けてみる。塚田もまた、今ごろはテレビを観るなり、ラジオを聴くなりしているはずだ。今日の犯行の報道を、気にかけているはずだ。テレビには、今の自分の状況とまるでそぐわないバラエティ番組が映る。番組に笑い声は絶えず、佐藤は自分が嘲笑されている気分になりチャンネルを変える。すると今度は中東の瓦礫の街が映された。このほうが今の俺にふさわしい、佐藤は思う。が、次第にある疑問を抱き始める。アラブの兵士たちが、荒れ地で自動小銃やら大砲やらを撃ちまくっており、自爆テロがどうのとキャスターが伝えている。こいつらはいったい、なんの為に戦っているんだろう——。

佐藤は再びテレビのチャンネルを回す。すると地方番組で、今日の競馬のレース結果を伝えていた。佐藤は競馬で勝った例《ためし》がない。しかし競艇では、何度か大勝した。佐藤が通ったT競艇場には十三人の予想屋がいたが、特に信頼を寄せたのは倫理社の哲やんだった。多くの予想屋がベイサイドに場を持つが、倫理社だけは投票所の裏手にぽつんと場を構えていた。哲やんは、白シャツ、ネクタイに黒ズボン、中折れ帽子を目深《まぶか》に被り、いかにも一匹狼の出で立ちで、演説は淡々としているが、なぜか惹きつけられた。

——競艇とはなんでしょう。六艇の船が一周六百メートルの距離を三周して順位を競う、ある意味では単純で分かりやすい遊戯です。麻雀とは訳が違います、あの完全に完成された中華遊戯は規則を覚えるだけで一苦労です。競艇は違います。複雑さはありません。難しい規則もありません。確率で言えば六分の一です。一号に賭ければその確率は更に上がります。白黒赤青、黄色に緑、水上をモーター音を響かせて疾走する色彩たち、果たして今日は何色が一等であのゴールラインを切るのか、大時計の黄色い針が十二時を指したならば、今日の勝負の始まりです、予想屋稼業で二十五年、トレードマークは中折れ帽子、わたくし倫理社、哲やんの本日の予想は——、おっとこれ以上はいけません、答えはガリ版印刷されたこの紙切れに、百円の紙切れが巨万の富に。

佐藤はその百円の紙切れを買い、千円を十万にした。一度上手くいったがゆえに、何度も上手くいくと錯覚し、休日の度に競艇場へ足を運び、気づけば百万近く負けが込んでいた。この頃には、佐藤は数社の消費者金融にまで手をつけていた。ある午後、佐藤は借入限度額まで金を下ろし、大勝負に出た。哲やんから始まった賭けごとなのだから、哲やんで終わらせようと思った。その日、哲やんの紙切れに押印された判子は、赤青黄色だった。突拍子もない予想だった。それだけに配当は莫大で、的中すれば五百万を超える。佐藤はその赤青黄色にすべてを賭けた。勝てば五百万、負ければ無一文。結果、自分は信頼できる筋の情報に裏切られたわけだ。

すでに競馬ニュースは終わり、テレビ画面には明日の天気予報が映されている。太陽マークやら傘マークやらを眺めながら、塚田が言っていた〝情報屋〟について考える。犯罪者を相手に情報を売るなんていう闇稼業を営む輩などいるのだろうか――、たぶんいるのだろう。そして塚田の買った情報は、とんでもない万舟券だったわけだ。

塚田――、あの男はいったい何者だろう。狐目でのっぺりした顔で、ときに薄い上唇を蛇のように舌で舐めつつ、猫撫で声で喋る饒舌な男――、西新宿から墨田区までの道中を想起する。あの軽自動車の車内には、何一つ塚田の私物がなかった。「わ」ナンバーではないので、レンタカーでもない。おそらく塚田が今回の案件の為に調達した、盗難車だろう。塚田は右手でハンドルを握り、左手に持ったマルボロを、頬をすぼめて旨そうに吸っていた。犯罪者の人相というのはあるのだろうか、塚田は顔から猿のような狡猾さが滲み出ていた。殺人犯ではなく、知能犯ではなく、窃盗を主とする低能な犯罪者の顔だ。

一方で、サイドミラーに映る自分の顔は、犯罪者の顔をしていなかった。どこにでもいる、三十歳間近の名無しの群衆の顔だ。この顔の男に、犯罪ができるのだろうか。しかし自分は、すでにハウロウで二件の犯罪であろう仕事をこなしている。こうして案件を積み重ねていけば、自分もいずれ犯罪者の顔になるのだろうか――。都道三〇二号線に入ると、塚田は新しいマルボロに火を点《と》し、得意げに過去の案件を語り出した。それは江東区の瀬戸物店へ空き巣に入った話だった。やはり情報屋から事前に情報を買っており、今回と同じように助手と二人で犯行に及んだという。

――あのときも合計で二千万くらいだったな。山分けして一人一千万余り、ぼろい商売だぜ。しかもあの瀬戸物屋は、被害届を出せねぇ店だ。分かるか？　つまり違法に得た金ってわけよ。表向きは瀬戸物店で、裏では盗品の販売稼業。俺はそういう、被害届の出せねぇ黒い金専門の窃盗犯ってわけよ。今回の案件は、確かに黒い金じゃねぇ。でも不動産収入で得た金なんてのは、ある意味では黒い金とも言えねぇか？　汗水たらして働いて稼いだ金じゃねぇんだ、不労所得なんてのは、倫理的には黒い金とも言えねぇか？　その黒い金を俺たちが盗み出して、綺麗な金として使ってやろうじゃねぇか、こいつも一種のマネーロンダリングだぜ。

今回は以前の助手には頼めなかったんですか？　佐藤が訊くも、塚田はそれには答えずに、軽自動車のハンドルを回し、ホームセンターへ立ち寄った。――おまえ、現金いくらある？　なに、二百五十円しかない？　おまえいったいどういう生活してるんだよ、まぁ、いいさ、道具代は俺が奢ってやる、俺は優しいからな、気前がいいからな。ホームセンターで購入した道具は、結束バンド、カッターナイフ、ニット帽にゴーグルにマスク、軍手にゴム手袋に作業服だった。――

包丁はいけねぇ。包丁を持って入ったら、言い逃れのできねぇ強盗になっちまうからな。それともう一つ、カッターナイフで脅すのはいい、でもババァを傷つけちゃいけねぇ、カッターナイフでババァの水気のねぇ皺々の皮膚を裂いたりしちゃいけねぇ、分かるか？　ババァの皮膚を裂いちまうと、犯罪の種類が変わっちまうからな。

最初に老婆を脅したのは佐藤だった。老婆にカッターナイフを向けて、金庫の番号を聞き出す。

老婆が答えた四桁の番号にダイヤルを合わせるも、金庫の扉は開かなかった。もう一度、ダイヤルを合わせ直すも、やはり金庫は開かない。老婆に嘘をつかれたのだと思い、佐藤は頭に血が上った。同時に塚田も怒号を発する。その怒号もまた、佐藤の感情を昂らせる。このクソババァ、俺を騙しやがったな、佐藤は老婆を軽く小突いた。すると老婆はよろめき、足を絡ませて後方へ倒れた。結束バンドで両手を縛られているがゆえに、受け身がとれずに部屋の柱へ頭を打ちつけた。額が少しばかり切れ、血が滲んだ。

佐藤は再び、正しい番号を言え、と凄む。塚田も怒号を発すると思ったが、彼は唇を半開きにして、狐目を更に細めて、無言のままに老婆を見下ろしていた。結局、老婆は佐藤を騙したわけではなかった。本当に四桁の番号をうろ覚えだったのだ。最終的に、四桁の一の段を一つずつ試すうちに、金庫の扉は開いた。そして金庫の中には、目を疑う光景が凝縮されていた訳だ。

佐藤はテレビを消して文化包丁を手に取り、刃を畳へ突き刺す。やはりあの老婆は殺すべきだ。あの老婆は七十代だろうか、残りの人生は十年やそこらだろう、その十年でたいしたことなど起きやしない、老人の十年と俺の十年じゃ重みが違う。塚田の言うムショがどういう場所なのか、佐藤は知らない。ふいに何かで見た、鉄格子で鎖された小部屋を想起する。窓にも鉄格子の嵌められた、便器と洗面台と卓袱台しかない三畳間――、あんな場所に十年もぶち込まれたくはない。

そうだ、俺の十年の為に殺すべきだ。佐藤は畳から包丁を引き抜き、勢いよく立ち上がる。すると後頭部にあの鈍痛を覚える。その痛みは、むしろ佐藤に快をもたらす。包丁の柄を強く握りしめて、階段を下りていく。一階の居間の片隅で、老婆は先ほどと同じ姿勢で横たわっている。この老婆の腹部を二三度突き刺せば、簡単に絶命する。それで老婆の瞳は、何も見なかったことになる。大仏みたいな黒子も、見なかったことになる。

老婆は居間の入口にぬるりと現れた佐藤に気づくと、呻いたのちに唇の端から涎を垂らす。佐藤が手にした包丁を見ると、新しい涎を垂らしつつ、たふけてください、ころはないでください、苦しげに洩らす。ダメだ、と佐藤は頭の中で応える。おまえはここで死ぬんだ、俺の人生の為に死んでもらう。佐藤は乱暴に老婆の白髪を摑み、その痩せた肉体を仰向けにさせる。自分の中に、予期せぬ凶暴性を見つける。老婆を手荒く扱い、心の中で暴力的な言葉を発すると、体内に熱く野蛮な血が巡った。

老婆のワンピースの腹部を睨む。今なら殺せる。そうだ、元々人間なんてのは、人殺しばっかりやってきた種だ、俺もその中の一人だ、あの自動小銃を撃ちまくっていた兵士より俺のほうが分かりやすいぜ、俺は俺の人生の為にこの老婆を殺すんだ。死人に口なし、酌量の余地なし、老婆の日捲りカレンダーは今日で終わりだ。佐藤は右手を大きく振りかぶり、早い呼吸に浮き沈みしている老婆の腹へ狙いを定める。

その右手を振り下ろそうとした瞬間、老婆の左手で、小さな光が瞬いた。佐藤は眉間に皺を寄せて、老婆の左手を睨む。老婆は皺だらけの左手の薬指に、銀色の指輪を嵌めていた。左手薬指に嵌めているということは、つまり結婚指輪だ。こいつの旦那は、あの頭の禿げあがった人の良さそうな遺影の旦那は、八年前に他界している。その旦那との結婚指輪を、老婆は未だ薬指に嵌めている。

佐藤は殆ど野生動物の俊敏さで、老婆から飛び退いた。包丁を手にしたまま、よろよろと後ずさりしていく。瞬発的に動いたせいで、後頭部に再び鈍痛を覚える。今度は快をもたらす痛みではなく、ただの重苦しい痛みで、眩暈に視界が眩む。佐藤は後頭部を手の平で押さえ、よろめきながら居間を出た。叱られた子供のように、とぼとぼと階段を上っていく。

二階の広間へ戻ると、鳥がこちらを見ていた。佐藤は包丁を片手にしたまま鳥かごの前に立ち尽くし、金網の向こうの鳥と見つめ合う。

ふいに口にする。

「おまえは何を考えている」

「おまえはいったい、おまえの人生をどうしたいんだ」

そう洩らしたのちに、軽く頭を左右に振り、畳に包丁を突き刺し、その場にへたり込んだ。

広間の片隅に置いてある、扇風機に目が留まる。畳を這い、その扇風機へと向かう。三枚の半透明の青い羽根のついた、随分と型の古い首振り扇風機。電源スイッチを入れ、涼風のボタンを押す。青い羽根が回転を始め、佐藤は顔面に風を浴びる。その風に心地よさと懐かしさを覚え、少年の頃によくそうしたふうに、扇風機に向かって、あー、あー、と声を発する。その声は三枚羽根で切り刻まれて、ロボットのような響き方をする。佐藤忠文、二十九歳、九月二十六日生まれ、天秤座のB型――、などと、意味もなく自己紹介を始める。

――昨年末に期間工となり、一年勤めれば正社員登用試験を受けられる可能性もあるが、現状の就労状況で推薦を貰える見込みはなく、それどころか更新すら危うく、契約切れになれば再びフリーターへ逆戻り、そう、俺は契約更新の可否を、班長の大木に握られている、あの鼻持ちならない頭でっかちの若造に――。

佐藤が居住する狭山の北側に、工業地帯があることは以前から知っていた。佐藤はコンビニバイトの休憩中に、その工業地帯の某工場の求人を偶然に求人ジャーナルで見た。――H技研工業株式会社、埼玉製作所、狭山工場、期間従業員募集。期間工ではあるが、給与は今の二倍、正社員登用制度もある。佐藤の住むアパートから、自転車で通えない距離でもない。しかし自分に、自動車製造に関わる技術は何もない。誰もが知る一流メーカーの工場だ。さしたる職歴もない自分が応募したところで、採用されるだろうか。佐藤は駄目元でこの求人に応募し、簡単な面接の末に簡単に採用され期間工となった。

佐藤は夜勤ゆえに、午後五時過ぎに自宅アパートを出た。工場までは自転車で二十分、帰宅中の高校生らを傍目にペダルを漕ぐ。工場で作業着に着替えたのちに、戸外で夕日を浴びながらラジオ体操をする。身体がほぐれたところで、夜勤作業員は各部署へと向かう。プレス、塗装、溶接、トランスミッション、様々なラインが有り、佐藤が担当する部署は車体組立だった。部品工場で造られたパーツを、指示ビラに従って車体に取り付けていく。終業後に工場を出ると、夕日は朝日に変わっている。朝日の差す土手沿いの道路を、心地よい疲労を覚えながら自転車を走らせる。

肉体は疲れているはずなのに、気分が高揚してくる。そんなとき、佐藤はゲームセンターに立ち寄ってクレーンゲームをした。ケースの中には、アニメキャラのぬいぐるみが並んでいる。別にそのぬいぐるみが欲しい訳ではないが、いくらか金を使うと、ときにクレーンはぬいぐるみを摑む。さして欲しくもない、よく知りもしない、ファンシーなアニメキャラのぬいぐるみが、佐藤の安アパートの窓棚に並んだ。窓棚のぬいぐるみは、およそ一ヶ月に一体のペースで増えた。出勤日、目覚まし時計を止めて布団から上半身を起こすと、ぬいぐるみは夕日を背にこちらを見ている。あるときは励まされているように感じ、あるときは叱られているように感じる。このぬいぐるみが十二体になるころには、正社員登用試験を受けられるだろうか、などと考えつつ、布団を二つに折り、洗面所へ向かうのだ。

そして五月の終わりに、あの若造が組立部へ異動してきた。大木信幸、二十五歳、エンジン組立部班長、黒縁眼鏡を掛けた、ぱっと見は理数系の大学生のような風体の男。期間工と正規職員は作業服の色が違うので、一目で見分けがつく。正規職員はインディゴブルーで、期間工は色落ちしたような薄い麻色。インディゴブルーの作業服の大木は、ときに佐藤のもとへやってきて、細かいミスを指摘してくる。その指摘の仕方が、理路整然としており、反論の余地がなく、余計に瘡に障る。ある日、佐藤はエンジン取付作業で凡ミスをし、そのミスが検査工程で発見された。と、いつものように大木が佐藤のもとへやってきて、

――ライン工は単独作業が多いように見えて、実際はチームで動いています。自動車を人間一人で作ることはできません。何人もの人間の手を経て、ようやく一台の自動車が完成するのです。ただ一つの作業工程でも疎かにすれば、車全体にかかわってきます。ひいてはこの車に乗るお客様の安全にもかかわってきます。分かりますか？　ワン・フォア・オール、オール・フォア・ワン、そのような精神で作業に従事しなければなりません。

佐藤はかちんときた。小さなミスくらい、人間なら誰にでもあることだろう、黙ってろクソガキが、ぐちゃぐちゃ言うんじゃねぇ、そう怒鳴りつけたいのを我慢して、佐藤は作業帽を床に叩きつけてその場を去った。

以後、大木は明らかに自分を避けるようになり、事務的な連絡以外は口を利かなくなった。事実上、佐藤の正社員への道は断たれた。正社員登用試験を受けるには、班長と係長の推薦が必要なのだ。それどころか契約更新すら危うい。係長は自分の就業状況を、大木に訊くだろう。小さなミスが多く、注意をすると癇癪を起こすことがあります、大木は答えるかもしれない。大木はこの窃盗事件を報道で知ったさい、報道関係者の取材にも答えるだろうか。小さなミスが多く、注意をすると癇癪を起こすことがありましたが、まさかこんな重大事件を起こすとは――、などと、知った風な口ぶりで答えるだろうか。

佐藤は次第に、大木に対して苛立ちを募らせていく。考えてみれば、競艇に手を出したのも大木が現れてからだ。正社員登用への道が断たれたと思うと、帰宅時の早朝だけではなく、休日にも気分が高揚した。ゲームセンターでは物足りず、電車でそう遠くない距離にある競艇場を訪れ、ふいに哲やんの演説を聞いたのだ。やがては返済に追われ、ハウロウのクレカ案件に手を出したのだ。諸悪の根源は大木だ、奴さえ現れなければ、窓棚にぬいぐるみが十二体並ぶころ、俺は推薦を得られたのだ。したり顔で報道関係者の取材に答える大木を、ぶっ殺してやりたい。あの老婆を殺す大義名分はないが、大木にならばある。彼にプライドを傷つけられた、発作的にスパナで頭部を殴打した、このほうが分かりやすい。あの老婆は大木だと自身に思い込ませる。居間の絨毯に横たわっているのは大木だ、若造の癖に説教をしてくる鼻持ちならない大木だ、俺の契約更新の可否を握っている大木だ、ぶっ殺して口封じをして俺の契約を更新するんだ。

そうだぶっ殺してやる、佐藤はロボットの声で呟き、扇風機の停止スイッチを押した。包丁を手にして、勢いよく広間から出ていく。が、階段を一段下りる度に、佐藤の中の熱量は薄れていく。どう自分を騙してみても、現実的に居間で横たわっているのは、インディゴブルーの作業服姿の大木ではなく、水玉のワンピース姿の老婆なのだ。理路整然とミスを指摘してくる若造ではなく、物言わぬ年寄りなのだ。階段の折り返しを曲がる頃には、もう自分の中に殆ど殺意は残されていない。惰性で一階まで下り、廊下へ出て項垂《うなだ》れる。やはりあのとき殺すべきだったのだ。あの体内に野蛮な熱い血液が巡ったときに、騒がれたので咄嗟に刺してしまった、というふうに、老婆の腹へ包丁を突き立て、怖くなって逃げた、というふうに、この家から飛び出すべきだったのだ――。

一階廊下をうろうろと歩き回り、ふいとクローゼットのある六畳間を訪れる。塚田と一心不乱に札束を詰めた、あの一室だ。その六畳間には、洋箪笥や収納箱などが所狭しと並んでいる。金庫のあったジッパークローゼットの脇には、不自然に大型の穴あけパンチが転がっていた。自身の後頭部を手の平で触る。おそらくは塚田が、ガツンに用いた鈍器的な道具だ。

クローゼットのジッパーは半開きのままで、金庫がちらりと見える。その金庫の扉も、半開きのままだ。と、金庫の下段に、色褪せた数枚の紙切れが残されていることに気づく。扉を開くと、色褪せた紙切れは万札だった。佐藤は咄嗟にその万札を掻き集めて手に取り、枚数を数える。全部で二十枚。その札束を二つ折りにして、ズボンの尻ポケットへねじ込んだ。

この二十万は何を意味するのだろう、塚田が取りこぼしたのだろうか、いや塚田が二十万だけを取りこぼすだなんて考えられない、この二十万は、塚田が故意に残したのだ――、なぜ？　報酬として？　逃亡資金として？　確かに塚田にしても、俺が捕まるのは都合が悪い、俺が捕まれば、共犯者について当然のごとく口を割る。名前は偽名で、軽自動車は盗難車で、スマホは飛ばしだろう、足が付かないよう策略は練ってあるだろう。しかし少なくとも、俺は塚田の顔を見ている。俺の証言を元に、似顔絵ならば作成できる。年齢は四十歳前後、中肉中背で、猫を撫でるような甘い声で話す、狐目の男――、この顔に心当たりのあるかたは、警視庁××署まで通報して下さい。

いずれにせよこの二十万は、貴重な逃亡資金になる。二十万あれば、新幹線で遠方まで逃げられる。いや、その気になれば、海外へ高飛びもできる。東南アジアの雑多な街で暫く生活するのもいいかもしれない。が、その夢のような計画を遂行するには、老婆を殺さなければならない。老婆の証言を元に精巧な似顔絵が作られたならば、何年が過ぎようとも指名手配犯の貼紙に俺の顔が載り続けるのだ。塚田の似顔絵ではなく、俺の似顔絵が貼られ続けるのだ。年齢は三十歳前後、中肉中背で、額に大仏のような黒子のある男――、この顔に心当たりのあるかたは、警視庁××署まで通報して下さい。

と、突如どこからか甲高いベルの音が響いてきて、佐藤はびくりと身体を震わせる。慌てて収納部屋から廊下へ出ると、どうやらベルの音は玄関で響いている。忍者のように抜き足で廊下を駆け、玄関へ向かう。靴箱の上で、黒電話がけたたましく鳴り響いていた。インテリアかと思っていたが、回線が繋がっているのだろうか――、だとしたら電話の主は塚田かもしれない、この家の電話番号くらい容易に調べられる、電話に出たならば塚田は言うかもしれない、あの猫撫で声で、言うかもしれない。金庫の二十万は回収したか？　その二十万が、おまえへの報酬だ。時給二十万、悪い仕事じゃないだろう。警察に捕まっちゃいけねぇ、共犯者について口を割っちゃいけねぇ、なにせ金の絡む犯罪は重いからな、弁当は期待できねぇからな。

佐藤は受話器に手を掛けた。塚田に裏切られた身でありながら、塚田に助けを請いたい気分にもなる。この家で自分はどうすればいいのか、上司でもある塚田の指示を仰ぎたい。でも塚田は味方ではない。犯罪者仲間でもない。ただの裏切り者だ。佐藤は受話器から手を離した。黒電話は喧《やかま》しく騒音を響かせ続け、否応なく心拍が速まる。とにかく音を鳴りやませようと、再び受話器へ手を掛ける。と、ベルは途絶えた。残響が玄関から消えると、家はこれまで以上の沈黙に浸された。

佐藤はその後、十分以上は玄関に立ち尽くしていた。電話の主が、再び電話を掛けてくるかもしれない。しかし黒電話は、インテリアに戻ったかのように靴箱の上で置物と化している。佐藤は受話器を置いたままの状態で、ダイヤルの穴に右手の人差し指を突っ込み、一、一、九と回す。鈍い音を響かせて、ダイヤルは反時計回りに戻っていく。ある報道を想起する。

強盗犯が家主を殺害し、その強盗犯も首から血を流して現場に倒れていた。強盗犯は何らかの理由で自殺したことが、後の捜査で明らかになる。世間一般の人間には理解できない事件だろう。強盗に入っておきながら、生きる為の金を奪おうとしておきながら、自殺するなんてのは明らかに矛盾している。が、今ならばそいつの気持ちも分かる。極限まで限定された状況に陥って、初めて実行できる行為もあるのだ。

佐藤は包丁で、自分の首筋を切る真似事をする。それも確かに、この状況で実行できる行為の一つだった。包丁の刃は、耳元で冷たい風の音を響かせる。温かい血潮が頸から噴き出す光景を想像する。額に脂汗が滲む。想像で額に脂汗を滲ませる人間が、現実でそれを実行できるとは思えない。佐藤は再び九の穴へ指を突っ込み、ダイヤルを時計回りに回す。指を引っこ抜くと、ダイヤルはじーこじーこと反時計回りに戻っていく。

階段へ向かう途中、佐藤は薄暗い廊下で立ち止まり、ドアの隙間から居間を覗いた。老婆は同じ体勢のまま、壁際に横たわっている。瞳を閉じているが、死んではいない。胸部と腹部は呼吸で浮き沈みを繰り返している。強欲ババァとのことだが、容姿だけ見るとそうは思えない。むしろ育ちの良さそうな老婆だ。染みは少なく、肌艶はよく、若いときはさぞかし美しい娘だったことだろう。その娘が、あの人の良さそうな、不動産で財を築いた一郎と出会い結婚した。老婆の左腕は背中側にあるゆえ、この位置から銀色の指輪は見えない。佐藤はやや身を乗り出して、老婆の左肘より先を覗こうとする。薄い皮膚の前腕、皺の集まる手首、血管の浮く手の甲と、視線で辿っていく。中指のつけ根の肉の膨らみに遮られて、指輪は見えない。佐藤は更に数センチ、前のめりになる。と、老婆は小さく呻きながら顔をこちらへ向け、佐藤は咄嗟に身を引いた。なぜ俺が隠れる必要がある——、佐藤は奥歯を噛みながら、折り返し階段を上っていく。

二階の広間へ戻ると、鳥は何かを訴えるかのように鳴き始めた。鳥かごを覗くと、餌箱が空になっている。鳥Aはその空の餌箱を、嘴で突いている。鳥かごとは反対側の戸棚に、配合飼料の袋と計量カップがある。喚かれても困るので、佐藤は仕方なく、その配合飼料をカップで餌箱へ入れる。鳥Aは頸を振りつつ、その細々とした穀物を啄《ついば》み始めた。よく見ると、水入れ容器も殆ど空だった。仕方なく、その空の容器を手に二階の洗面所へ向かう。蛇口を捻って容器に水を入れる最中、洗面台の鏡に映る自身の姿を見つめる。眉間に黒子のある、未だ群衆の顔をした三十前の男――。

佐藤は容器を洗面台へ叩きつけた。容器は乾いた音を響かせて、後方へと弾け飛んだ。鏡に映る群衆の顔を、鼻息荒く睨みつける。おまえはもう群衆じゃない、あのサイドミラーに映ったときは群衆だったかもしれない、でも今は違う、二億円強奪事件の共犯者だ、懲役十年の判決を食らうかもしれない重罪人だ。しかし結局は床から容器を拾い、たっぷりと水を入れて洗面所を出た。鳥かごへ容器を戻すと、餌を食い終えた鳥Ａは、喉元を細かく震わせつつ、旨そうに水を飲んだ。

広間の畳の上に、大の字になって寝る。耳を澄ますと、夏の虫の音が聞こえてくる。茂木家の芝生の庭のどこかで鳴いている。リンリンと鳴いては鳴きやみ、忘れた頃にまたリンリンと鳴き出す。遠くの街路を、排気音を響かせてバイクが走っていく。犬が二三度、遠吠えをあげる。畳の藺草《いぐさ》の匂いを鼻腔に覚えながら、右手に包丁を握り、左手に万札二十枚を握り、天井を眺める。格子天井というやつだろうか、升目状に正方形が並んでいる。

佐藤は正方形の辺を一つ選び、あみだくじでもするように目で辿っていく。引いて楽しいあみだくじと自虐的に鼻歌を洩らしていると、予想だにしない記憶が引き当てられてくる。それは菓子メーカーの面接試験で見た、二つの顎だった。佐藤はその時点ですでに十五社の採用試験に落ちており、大学の就職課の勧めで仕方なく全く興味のない菓子メーカーの面接試験に赴いた。

長テーブルの向こうには、背広姿の二人の面接官がいた。面接官の目を凝視してはいけません、緊張して上手く話せなくなります、顔のパーツのどこかを選んで話すとよいでしょう、就職課の職員に、そう教えられていた。だから佐藤は、面接官の顎を見ていた。早朝に念入りに髭を剃ったであろう青々とした顎が、二つ並んでいた。ふむふむ、佐藤忠文君、経済学部四年生の二十二歳、一つの顎が言う。では弊社を志望した理由を教えてもらえますか、もう一つの顎が言う。佐藤は二つの顎に向かって述べる。

――お菓子は老若男女に笑顔を届けられます、私がそのことを学んだのは、小学二年のときです。ある午後、祖母からお小遣いを貰い、駄菓子屋で御社のキャラメルを買いました。私はキャラメルを食べて、世の中にこれほどおいしいものがあるのかと驚いたものです。私はこのおいしい一粒を、祖母にも体験させてあげたいと思いました。帰宅すると、私は祖母に一粒のキャラメルをあげました。祖母はそのキャラメルを頬ばると、忠文は優しい子だねぇ、と笑顔をこぼしました。私は子供ながらに、お菓子は人を笑顔にできるのだと思いました。残念ながら、祖母はその翌年に他界しましたが、あのときの祖母の笑顔は未だ覚えています。私は就職活動をするさいに、御社の求人を見て、ふいにあのときの目尻の皺にさらに皺を寄せた祖母の笑顔を想起しました。私は菓子を通して、あの笑顔を多くの人に届けたいと思い、御社を志望いたしました。

と、佐藤は嘘をついた。興味もなく半ば自棄《やけ》になって応募した企業ゆえ、平気で嘘がつけた。事実は全く違う。佐藤は駄菓子屋で買ったキャラメルを奥歯で嚙むうちに乳歯が抜けて口腔内が血だらけになり、以来、キャラメルの匂いを嗅いだだけであの甘い鉄の味を思い出して吐き気を覚える。祖母に至ってはそもそも同居しておらず、佐藤が物心つく前に田舎の施設で死んでいる。が、二つの顎は、何かに納得したふうに、うんうん、と頷いており、数週後に佐藤はこの菓子メーカーの内定を得たのだ。

考えてみると、自分は子供の頃から虚言が上手かった気がする。寝坊で部活に遅刻したさいは腹痛の為にトイレで様子を見ていたと男性顧問に嘘をついて拳骨を免れた、交通事故に遭ったさいは手首の鈍い痺れが取れないと嘘をついて整骨院に通い治療費として五十万ほどの金を得た。しかし虚言が上手くても、なんの取り柄にもならないし、仕事にも繫がらない。虚言を生かせるとしたら、せいぜい詐欺師だ。窃盗をするくらいなら詐欺師になったほうがマシだっただろうか――、しかしどうすれば詐欺師になれるのか、佐藤には分からなかった。詐欺師の募集など、就職課掲示板でも、求人ジャーナルでも見かけたことがない。

就職を機に佐藤は実家を出て、職場への交通の便が良い狭山市に部屋を借りた。菓子メーカーでの業務は、ルート営業だった。卸売店の仕入れ担当に、自社の菓子を売り込む。佐藤の営業成績は低空飛行で、翌年の春にはすでに離職を考えていた。面接官は騙せても、自分は騙せない。二年が過ぎた頃に、脳神経の病気を患い治療に専念したいと上司に嘘をついて退社した。嘘をついて入社して、嘘をついて退社したわけだ。

失業保険の振り込みが始まった月に、佐藤は初めて行為をした。草加のソープで三万を支払って商売女を相手にした。虚しい行為なのに三回も通い、三回目で虚しさに虚しくなり、こんな行為に三万を払うことにも虚しくなり、以後は二度と店に足を踏み入れなかった。もし俺に愛する女がいたならば、俺は犯罪者にならなかっただろうか、などと佐藤は思う。あのクレーンゲームのぬいぐるみを持ち帰って喜んでくれる女がいたならば、俺はハウロウの求人に応募しなかっただろうか――、競艇には手を出しただろう、消費者金融から金を借りもしただろう、塚田の案件に興味は持ったかもしれない、でも愛する女の顔が過《よぎ》って、そっとハウロウを閉じただろうか――。


佐藤はまた格子の一つを選んで、天井の端からあみだくじを始める。すると今度は、これまで自分がしでかした、いくつかの犯罪行為が引き当てられてきた。キセル、交通違反、未成年飲酒、未成年喫煙――、塚田に言わせれば、どれも小便刑にすらならない犯罪だ。唯一の犯罪らしい犯罪と言えば、万引きだった。中学二年の夏、悪友に誘われ、学校帰りにスーパーでポテトチップスとライフガードを盗んだ。補助バッグに商品を突っ込む瞬間は、胸が高鳴った。悪い友達に誘われて悪いことをする自分に酔った。胸の高鳴りは、万引きを成功させたのちも暫く続いた。

あのとき、万引きに参加しなかった学友が一人いた。峯田という、勉強も運動もできない、モヤシのような少年だった。峯田は悪友の誘いにはのらず、一人で帰路を辿った。度胸のない奴だと皆は笑い、佐藤も同じ笑みを浮かべた。翌日、朝礼前の教室で、佐藤は峯田に盗みをしなかった理由を訊いた。酔いの醒めた佐藤は、峯田が度胸のないモヤシだと確認したくなったのだ。峯田は、だって万引きをして捕まったら大変なことになるだろう、とは言わなかった。彼は眠そうな目を擦りながら、だって万引きをしたら、良心が痛むだろう。

佐藤は峯田のいう、良心について考える。老婆を殺して、俺の計画通りに事が運んだ場合、俺は良心が痛むだろうか。そもそも良心とはなんだ？　身体のどこに良心がある？　心臓か？　脳ミソか？　良心の呵責？　クソくらえだ、そんな形がないあやふやなもんに、人生はかけられない、人生をかけられるのは、現生《げんなま》とか舟券とかポテトチップスとか、形のあるもんだ、峯田はバカだ、あいつも万引きしてれば、放課後の堪え難い空腹時にコンソメの脳に響く濃い味を堪能できたんだ。しかし佐藤はこうも考える。あのとき悪友の誘いにのらない俺だったならば、塚田の誘いにものらなかっただろうか。だって金庫の金を盗んだら、良心が痛むだろう。

佐藤は身体を起こすと、峯田の顔を脳裏に描きながら、畳へ包丁を突き刺した。次に面接官の二つの顎を描き、包丁を突き刺す。大木の顔面に、哲やんの顔面に、居もしない愛する女の顔面に――、そして最後に脳裏に現れたのは、狐目でのっぺりした顔の男だった。老婆を殺すならば、あの男にも報復するべきじゃないだろうか、失神した俺のニット帽を脱がせ、ゴーグルを取り、マスクを剝ぎ、廊下を引きずり、老婆への生贄として捧げた、あの裏切り者に復讐するべきじゃないだろうか。奴のフリーメールアドレスが生きていて、俺が詐欺師ならば、もう一度、奴と会うこともできるだろう。

――こんなこともあろうかと思って、僕は一部始終をＩＣレコーダーで録音していたんですよ、あなた随分と特徴的な声をしていますね、僕の特徴的な黒子みたいに、特徴的な声をしていますね、あなたが僕を裏切ったように僕もあなたを裏切ったならば、指紋は露呈せずとも声紋は露呈しますね、前科があるならば、けっこうまずい事態になりますね、ものは相談ですが、五千万でいいので分け前を貰えませんかね、さすがに二十万は少なすぎでしょう、明日の午後六時に西新宿で落ち合いませんか、それで手打ちにしませんか、時給五千万、それなら僕も納得です――。

塚田の顔面に包丁を突き刺す。と、背後で鳥が鳴いた。鳥かごの金網の向こうから、鳥はまたあの黒い丸い瞳でこちらを見ていた。

「おまえはいったい何を考えている」

佐藤はさきほどと同じことを洩らし、人間を相手にするように、ふいと鳥から目線を逸らした。目線を逸らした先には、畳へやや斜めに突き刺さった、墓標のような包丁があるのだった。

時刻は午後九時を回ろうとしていた。垣根の陰に身を隠していたのが午後六時、つまり三時間近くこの家に居たことになる。最初は他人の家だったが、今ではある種の親しみすら覚える。他人の家の匂いに身体が馴染み、自分の家のようにすら思えてくる。もっと若い頃、佐藤は家族を持ちたいと願ったこともあった。二階建ての家に、美しい妻に二人の子供、その願いも三十歳が近づくに連れて薄れた。そして辿り着いた場所が、この家だ。二階建ての家に、縛られた老婆に二羽の鳥――、佐藤は自嘲気味な笑みを洩らしたのちに、畳から文化包丁を引き抜く。鈍色《にびいろ》の刃裏に映る、自嘲気味に笑みを浮かべているはずの自分の顔を見る。刃裏の自分は、いびつに顔面を歪めており、それは殆ど泣き出す寸前の子供の顔だった。

佐藤は再び包丁を畳へ突き刺す。乾いた音を響かせて、刃は中程まで畳に埋まった。同じことを老婆の腹にやるんだ。中程まで包丁の刃を突き立ててやれ。俺にはもう、あまり時間が残されていない。先ほどの電話の主は、塚田ではない。足が付くかもしれないリスクを、奴が冒すはずがない。あの電話が鳴ったのは、ちょうど八時だった。例えば家族の誰かが、電話を掛けたのかもしれない。高齢の女が一人で留守番しているのだ、毎日午後八時に電話を掛ける約束でもあるのかもしれない。その電話に、老婆は応答しなかった。俺はもう決めなければならない、選択しなければならない。殺して逃げるか、殺さずに逃げるか。

扇風機に語りかけることはやめた。天井の升目であみだくじをすることもやめた。佐藤は畳の上に胡坐を組んで、目の前の墓標の文化包丁を見つめる。包丁の鉛色の刃の腹は、光の加減でときに銀色に瞬く。その銀色の瞬きが何度か瞳を過り、幼少期のある遊びを想起する。

その夏の昼下がり、幼少の佐藤は実家の芝生の庭で、五十円玉を手にバケツの前に屈み込んでいた。バケツにはなみなみと雨水が溜まっている。そのバケツへ五十円玉を落とし、表と裏のどちらで落ちるかを心の中で決める。幼少の佐藤が考えた、他愛もない遊びだ。指先から離れた五十円玉は、とぷんと水の中へ入る。陽光の差す水の中で、穴の空いた円形の白銅貨は、ひらひらと表と裏を翻し、ときに銀色の光を弾きながら、バケツの底へと落ちていく。佐藤は心の中で、答えを決める。可能性は常に半分。半分は佐藤が決め、残りの半分は誰かが決める。

佐藤は今現在、二十万二百五十円を所持していた。徐に小銭入れから、五十円玉を取り出す。その五十円玉を、畳へ落としてみようと思う。考えに考えた末にどうしても答えが出ないのならば、誰かに決めてもらおう。俺のクソみたいな人生を、五十円玉に委ねよう。裏ならば殺す、表ならば殺さない。

佐藤は立ち上がり、右手の親指と中指で五十円玉を摘まんだ。右手を前方へと差し出して息を飲む。指先からその小さな銀色が離れようとした瞬間、背後からけたたましい物音が響いてきて、佐藤は落ちかけた五十円玉を反射的に握りしめた。振り返ると、鳥かごの中でまた鳥が鳴いている。佐藤は溜息を洩らしつつ鳥かごへ近づくが、どうもこれまでとは様子が違う。小鳥とは思えぬ凶暴な野太い声に、悲鳴のような喚き声が重なっている。

鳥かごを覗くと、二羽は金網の向こうで、取っ組み合うように暴れていた。鳥Aが黒い瞳を楕円にして、鳥Bの体軀をあの鋭い鉤爪で押さえつけている。と、鳥Aは辺りを窺うように頸を左右に振り、次に天井の金網を見上げたかと思うと、その頭部を勢いよく振り下ろし、鳥Bの胴体へ嘴を突き刺した。鳥Bが悲鳴をあげる。鳥Aは楕円の瞳を更に歪め、再び天井を見上げる。掲げた嘴には、鳥Bの風切の羽毛が咥えられている。佐藤は五十円玉を握りしめたまま、鳥かごの前に立ち尽くす。鳥Aは再び頸を素早く振り、天井を見上げ、嘴を突き刺し、鳥Bが悲鳴をあげ、風切羽が斑に毟られていく。

――こいつらはいったい何をしている。こんな狭い鳥かごの中で、彼らの家である鳥かごの中で、いったい何を争っている。

と、胸の奥から、何かが込み上げてきた。快楽の黄色い汁がガツンで攪拌されたあの瞬間にも似た、熱くて甘くて重苦しい痛みのような汁だった。その汁は喉元まで上ってきて飲み下せない。もう胃袋の中に、留めて置くことはできない。

佐藤は五十円玉をポケットへ突っ込むと、家の窓を一気に開け放った。窓の向こうには、閑静な住宅街の夜が広がっている。暗闇の中に、街灯や窓明かりが、蠟燭の火のように灯っていた。佐藤は鳥かごをスタンドから外し、出入口のアルミ柵を開けた。そして鳥かごを、窓の外の夜へと差し出す。

夜風を感じると、二羽はぴたりと静止した。鳥Bは頸を傾けて、佐藤を見た。円らで平坦な黒い瞳――、次に匂いでも嗅ぐように、鳥かごの出入口を見た。柵の開け放たれた、十五センチほどの正方形の空間。佐藤は鳥が見ている空間を、自分も鳥の瞳で見ている気がした。そしてある瞬間、鳥Bは四本指の足で止まり木を蹴り、左右の風切羽を大きくはためかせて、鳥かごの外へ飛び立った。鳥Bはやや揺らめきながらも、次第に家から離れ、やがて夜の中で夜よりも暗い影となり周囲に溶けこんで消えた。もう誰も鳥Bを捕えることはできない。

鳥Aは鳥Bが溶けこんだ夜を、鳥の目で見ていた。風切羽と、止まり木を摑む四本の足指に、力が入るのが見て取れた。佐藤は素早く出入口のアルミ柵を閉めた。力を溜めていた鳥Aは、出鼻をくじかれ胴体を震わせた。家の窓を閉め、鳥かごへ片腕を突っ込み、鳥Aを手の平に捉える。鳥かごから鳥Aを引きずりだし、畳へ押し付け、その頸元へ、鶏肉をぶつ切りにするように文化包丁の刃を入れた。鳥Aは僅かに呻き、微かに骨の折れる乾いた音がして、頭は簡単に落ち、畳に黒い血液が飛散した。左手に残る胴体が、少しずつ死んでいくのが分かった。

立ち上がって手の平を開くと、Aの胴体は頭部からやや離れた場所へと転がった。黒い血に汚れた、包丁の刃の表を見る。その刃の表に映る、赤黒く歪んだ彼は、もう子供の顔でも、群衆の顔でもなかった。――二十万二百五十円、あるいは五千万、悪くない案件じゃないか。包丁の柄を握りしめて、薄暗い折り返し階段を、一段、また一段と下りていく。

アジサイ

アジサイ

1

妻が家を出てから、庭にアジサイが咲いた。

アジサイは庭の片隅で、樹高一メートルほどの枝葉に、手鞠の形をした花の束をつけていた。一つの手鞠の中で、薄い水色と、薄い紫が混ざっている。よく見ると、一枚の花弁の中でも、二つの色が混ざっている。その淡い色合いに、田村浩一は小学生の頃に描いた、水彩絵具のアジサイを思い出した。水彩絵具の〝そら色〟に、少量の赤紫と白を足すと、パレットにはあの花のような色合いができあがる。してみると現実のアジサイも、水彩絵具で彩色した、偽物のアジサイにも見えてくる。

妻が家を出たのは、昨日のことだ。夜遅くに自宅へ帰ると、テーブルには、しばらく実家に帰らせていただきます、という、物語の世界でしか見ないような置き手紙があった。その晩、田村は上司の送別会に出席して随分と酒を呑み、ひどく酔っていた。まったく呑み過ぎたものだと思って、そのままリビングのソファーで眠りに落ちた。

そして今朝、田村は東の窓から射す朝日に目覚めて、ぎょっとしたのだ。それで初めて、昨日の手紙は酔いのせいではないと気づいた。田村が酔い潰れたとき、妻は必ず寝室から彼を叩き起こしにくるのだ。そして事実、ソファーの上で身体を起こすと、テーブルには昨晩と同じ形で、妻の置き手紙が残されていた。時計を見ると六時半を過ぎている。田村は慌ててクローゼットへ向かい、新しいワイシャツに袖を通した。

朝食を摂ろうと思ったが、米は炊いておらず、食パンもない。台所の戸棚を開けると、インスタントのワンタンスープがあった。彼の好物なので、妻が常に買い置きしてある。彼はやや歯ごたえのあるワンタンが好きなので、湯を注いで二分半で蓋を開ける。空っぽの胃袋に、濃口の鶏ガラ醤油スープが染みていく。こんな朝に食べるワンタンだが、やはり旨い。彼は手早くワンタンスープを平らげ、そして妻の携帯へ電話をした。何度かけても留守電に繋がってしまう。メールも送ってみるが、返事はない。そうこうしている内に、電車の時間が迫り、慌ただしくネクタイを締める最中、庭の片隅で咲いている、アジサイに気づいたのだ。

田村は証券会社の営業マンとして働き、悪くない成績を上げていた。金遣いは荒くなく、ギャンブルもせず、ときに酒を呑み過ぎるくらいの、三十代の会社員だった。彼は自分を、平均的な男だと思う。むしろ平均以上だとも思う。このご時世に、庭付きの家を買い、それなりの給与を貰い、当面の生活に困らないだけの蓄えもある。だから田村には妻が家を出た理由が、まるで分からなかった。ここ数日の内に、喧嘩をしたわけでもない。そもそも結婚して三年間、妻と諍いを起こしたことは殆どない。そしてここ数日の妻の様子も、普段と変わらなかった。彼は通勤電車に揺られながら考えていたが、結局は妻の家出の理由を何一つ見つけられないままに、会社まで辿り着いてしまった。

ぼんやりとした頭で午前のデスクワークを済ませ、廊下へ出ると、再び妻の携帯に電話をした。やはり留守電に繋がってしまう。メールの返事もない。と、部下の森下裕樹《ゆうき》に昼飯に誘われた。森下は入社二年目の新人で、体育大で教職を取っておきながら、なぜか証券マンになった。やる気はあるが、はっきり言って使えない部下だ。指示を待たずに行動するのはいいが、その行動が、田村の望むものとは微妙にずれている。森下は独身で、パチンコ好きで、競馬好きで、キャバクラやらガールズバーやらにも通っている。まったく、独身は気楽でいいものだ。

午後は顧客回りをして、定時には退社した。帰路の電車に揺られ、窓の外を流れていく夕焼けを眺めながら、再び考えていた。妻が家を出る理由が何もないのならば、手紙は妻のちょっとした冗談で、家に帰ると、いつものように台所で夕食の支度をしているかもしれない。しかし自宅に着いてみると、玄関にも台所にも明かりは灯っておらず、廊下は暗闇に沈んでいた。彼がリビングの明かりを灯すと、テーブルには今朝と同じ形で、あの置き手紙があるのだった。

その置き手紙から視線を逸らすように顔を上げると、再び庭先のアジサイが目に留まった。アジサイは夕闇の中に、やはり水彩絵具で塗った花の手鞠をつけている。それは不思議と薄闇に溶け込むことなく、むしろ色彩を際立たせていた。彼は何かに責められている気分になり、さっとカーテンを閉めた。そして夕飯の買物を忘れていたことに気づいた。

結局、夕飯は近所のスーパーで天丼弁当を買ってきた。衣のふやけた天丼で腹を膨らませたのちに、田村は思いきって妻の実家に電話をした。結婚を大いに祝福してくれた義父母だ。うまいこと妻に取り次いでくれるだろう。仮に妻が電話を拒否したとしても、義父母から事情を聞き出せる。電話の呼び出し音が途切れ、沢口です、という老人のしわがれた声が耳元から聞こえてきたとき、田村は急に他人と話している気分になった。当たり前だが、結婚をしても義父母の名字は変わらないのだ。

田村は義父に、たどたどしい口調でことの経緯を述べた。義父は彼の声に、相槌を打ったり、打たなかったりした。しばらくの沈黙があった。義父の声が遠のいていく。その遠のいた場所で、誰かと話している。おそらくそこに、妻がいるのだ。田村は妻の声を聞き逃すまいと、耳を澄ました。すると突然、耳元から、再び老人のしわがれた声が響いてきた。

「夏子は、何も話したくないそうだよ」

田村は食い下がった。

「僕には思い当たる節が何もないんですよ。理由だけでも教えて貰えないですか？　もしくはいつ頃に帰るとか、そういう話はしてないですか？」

「悪いけど、しばらくそっとしておいて貰えんかね」

それで電話は切れた。電話が切れたのちに、義父の声色に、いくらかの苛立ちが混ざっていたことに気づいた。結婚を祝福し、式では涙まで流していた義父が、今では自分に敵意を持っている。妻があることないこと、義父に洩らしたに違いない。あることないこと——？　彼は再び考えてみるが、やはり夫として、何か致命的な落ち度があったようには思えない。

翌朝、田村の家に回覧板が届いた。その回覧板で、翌週からのゴミ当番が自分の家であることを知った。ゴミ当番とは、町内会に入る世帯で分担して行う仕事らしい。火曜と金曜、収集車が燃えるゴミを回収した後に、ゴミ置き場を清掃する。当然ながら、平日は仕事があるので、午前中にゴミ置き場の清掃など無理である。仕方なく彼は町内会の班長に、電話で事情を話した。もちろん事実ではなく、義父が危篤で妻は実家に帰っている、ということにした。

「それは困りましたね。夕方でもかまわないので、旦那さんが清掃して貰えますかね」

仕事から帰宅後に、スーツ姿でゴミ置き場を清掃している自分を想像し、途端に気が滅入った。

「すみません、こちらにも事情があるんで。ゴミ当番は、とりあえず違う家に回して貰えませんかね。」

「それはいけませんよ。町内会は、皆の協力で運営されているんですから」

班長は子供を説教するような口調で言い、田村は苛立ちを覚えた。そもそも義父が危篤ならば、ゴミ当番どころではないはずだ。

「うちは町内会に入った記憶はないんですが」

「この地区に住んでいる以上、皆が町内会ですよ」

「じゃあ脱会します。」

「町内会に入っていなければ、ゴミ出し禁止ですよ」

そんな問答があり、結局は夕方に、田村がゴミ置き場の清掃をすることになった。

火曜日、田村は森下の飲みの誘いも断って、まっすぐ帰路を辿り、右手に箒、左手にちりとりを持って、ゴミ置き場を訪れた。緑色のネットが張られた、幅二メートルほどのゴミ収集箱が置いてある。この辺りは高台なので、その収集箱の向こうには、新興住宅の色とりどりの屋根や、初夏の葉を茂らせた森林や、市営のテニスコートなどが見下ろせる。そして西の高台なので、目の前に沈みかけの太陽があった。

頭上の電線では、カラスが鳴いている。そのカラスの鳴き声の下、彼はゴミ収集箱を見て啞然とした。ゴミ袋が二つも残されている。しかも袋に名前の記載がない。ゴミ出しのルールを守らない、とんでもない家庭があるものだ。同じ町内会にこうした家があると思うと、不愉快極まりなかった。彼はそのゴミ袋を収集箱の隅にやって、清掃を始めた。

頭上ではあいかわらずカラスが鳴いていた。電線に留まるカラスは、先程より数が増えている。と、驚いたことに、数羽のカラスが彼のすぐ近くへ降りたって、こちらへと寄ってきた。収集箱の中のゴミを狙っているのだ。彼は箒でカラスを追い立てるが、その隙に別のカラスが収集箱の中へ入り込もうとする。彼は夕暮れの街路で、カラスと滑稽な格闘をし、ろくろく清掃もせずにゴミ置き場から退散したのだった。

翌日、掃除当番もなく、家に帰っても飯はないので、森下を夕飯に誘い、会社近くの洋食屋を訪れた。田村はポークソテー定食、森下はオムライス。久しぶりにまともな飯を食べて満たされたせいか、田村は森下に言ってもしょうがないことを口にした。

「実は妻と喧嘩していてさぁ。ここ三日くらい口をきいてくれないんだよ」

「やっぱり。ここんとこ主任、いつも暗い顔してるんで、すぐに分かりましたよ」

などと調子のいいことを洩らす。田村はもう少し話を続けてみる。

「それがさ、何に怒っているのか、さっぱり分からないんだよ」

「分かります。俺の彼女も、意味不明にヒステリー起こすことありますよ。本当、女は男には理解不能な生きものです」

「なに？　おまえ彼女いたの？」

「この間、クラブでナンパしたんです。十九歳のギャルですけど、俺は結婚まで考えていますよ」

やはりなんの役にも立たなかったと思いつつ、会計を済ませて店を出る。森下が、このあとど

うするのかと訊いてくる。帰るに決まっている。田村がそう言うと、

「帰っても寂しいでしょう。バッティング・センターでも行きましょう」


田村たちは東大宮にあるバッティング・センターを訪れた。昭和の時代から営業していそうな、古びた店舗だった。緑の錆びた看板に、〝セントラル・スポーツパーク〟と記してある。緑色のネットの中では、自分たちと同じく、仕事帰りらしいワイシャツ姿の会社員がバットを振っている。バッティング・センターなど二十年ぶりだった。してみると、バットを握るのも二十年ぶりだった。田村はスーツの上着を脱ぎ、ネクタイを緩めると、さっそく軽くバットを振ってみた。バットの重みに、身体が持っていかれそうだった。


森下に促されて準備運動をした後に、打席へと入る。球速は八十キロだったが、バットはかすりもしない。バットを振ろうと思ったときには、ボールはすでに背後のネットを揺らしている。プロの球速は百五十キロを超えるわけだが、その球を打ち返すプロ野球選手とは、やはり大したものだと思った。田村の次に打席に入った森下もまた、空振りばかりしていた。

「なに、おまえはよくバッティング・センターに来てるんじゃないの？」

「バットを持つのなんて、子供キャンプのスイカ割り以来ですよ」

それでも森下は若いだけあって、何球かに一回は、心地よい音を響かせた。一頻り汗を流したのちに、二人はベンチに座って、自動販売機で買った氷入りのコーラを飲んだ。森下はそのコー

ラを飲みながら、先日、近所の公園で少年野球の試合を見かけましてね、と話し始めた。
「小学生くらいの子供が、バットを振ったり、ボールを投げたり、一塁ベースへ全力で走ったりしているんです。日曜日の試合なので、沢山の親御さんも観戦に来ているんです。びっくりしたのが、試合中にお父さんたちが、グラウンドの息子に向かって罵声に近い大声を出すんです。諦めないで最後まで走れ、とか、もっとボールをよく見んかい、とか、本当に勝つ気があんのかバカやろう、とか。少年野球とはいえ厳しいもんだなぁ、と思って見てましたね。でもずっと見ていると、お父さんたちの叱咤は、どうも演技なんですよ。つまり子供に必要だと思って、演技で怒っている。でも子供のほうは、それを本気に捉えている。あのお父さんたちは、きっと昔は野球少年だったんじゃないかな。試合をしている子供たちも、将来は息子を少年野球に入れて、試合観戦をするときは叱咤激励するんじゃないかと勝手に想像していたら、なんだか感心しちゃいましたね。町内の少年野球の試合なんて、世間的にはどうでもいいことなのに、彼らは本気なんですね」

田村は森下のそんな話を聞きながら、目の前で空振りばかりしている腹の出た会社員を眺めていた。球に当たりさえすれば、場外ホームランになりそうなスイングだった。あの男はきっとリテール営業のノルマを達成できず、上司に怒られて、むしゃくしゃしてここへ来たのだ——、田村もまた、勝手に想像を膨らませていた。

最寄り駅からの帰路、彼は横断歩道の手前で自転車を停めて、妻にメールをしてみた。今日はバッティング・センターに行ってきた。明日は筋肉痛だろう。プロ野球選手はやはりすごいものだ。そんな内容だった。返事はなかった。

翌朝、前日に運動をしたせいか、久しぶりに気分よく目が覚めた。田村は食パンにバターをのせて焼き、コーヒーを淹れ、経済新聞に目を通しながら、ゆっくりと朝食を摂った。

それから出勤前に、庭の掃き掃除など始めた。未だ身体を動かしたい気分だった。しかしこの時期は落葉があるわけでもないので、殆ど形だけの庭掃除だった。庭の片隅では、今日もアジサイが花を咲かせている。アジサイが花を咲かせている期間はいつまでだろう、梅雨に咲くのは分かるが、夏の花ではないだろうから、今月中には枯れるのだろうか――。彼は毎年アジサイが、この時期をどのように過ごしているのか知らなかった。

しかしこうして、庭掃除をしながら午前中のアジサイを眺めていると、この花も悪くないと思い始めた。アジサイは朝の光の中で、やはり淡い色の花の手鞠を蓄えている。水彩絵具の赤紫色を少し多めに混ぜたような、恥ずかしがるような、そんな色合いをしている。

彼は花蜜に吸い寄せられる紋白蝶の気分で、その花の手鞠に顔を近づけてみる。仄かに甘いような香りが鼻腔に広がり、ちょっとした眩暈を覚えて我に返る。彼は意味もなく辺りを見回したのちに、再び庭掃除をするふりを始めるのだった。

2

週明けからは、小雨の日が続いた。しとしとと長い時間をかけて降る、梅雨らしい雨だった。田村はその朝も、ネクタイを締めながら庭を眺めていた。小雨の中で、アジサイはその雨を求めるように、大きく花を開かせていた。雨粒に濡れたアジサイの葉の上を、蝸牛《カタツムリ》が這っている。蝸牛が這うと、雨粒は葉の上で平らに伸びる。彼は妻がゴムホースで水を撒いている光景を、ふいに思い出す。

彼は例えば、髪を一つに結って台所に立つ妻の姿が好きだった。あるいはおかえりなさいと言って、玄関で彼の鞄を持つ姿が好きだった。しかしなぜか、ゴムホースで庭木に水を与える彼女の姿も、好ましく思った。田村の家は分譲住宅なので、最初から庭木が植栽されていた。彼はガーデニングに興味はなく、庭木の世話は妻がしていた。

いつかの休日、水やりの最中にゴムホースを引っ張り過ぎて、蛇口からホースが抜けた。妻は水の出なくなったホースの先を怪訝な顔で見つめ、振り返って背後を見て、庭先の立水栓へと引き返していく。彼はその一連の光景を、リビングのソファーから眺めていた。そして頬と口元が緩んでいる自分に気づいた。そんなことを思い出しながらネクタイを締めていたら、首元には訳の分からない形のネクタイの玉ができていた。

その日の夕方五時、田村はオフィスの廊下の窓際で、駅前の繁華街を見下ろしながら、再び妻の実家へと電話をした。電話には義母が出た。これは彼の作戦どおりだった。義父は平日の夕方に、銭湯へ行く習慣があった。この時間帯に電話をすれば、義母が電話を取る可能性が高い。そして義母は、自分の味方であるに違いなかった。

妻の実家へ帰省したとき、義母は何かとよくしてくれる。三十を過ぎた田村に、ポテトチップスやらコーラやらの菓子をふるまう。沢口家の子供は皆が女だから、義母は息子を育てたことがない。あるいは義母は、自分を息子のように思っているかもしれない。義母ならば、自分の話を聞き、うまく妻に繋いでくれるだろう。しかし田村は油断せず、まずは次のように述べた。

「夏子の様子はどうでしょうか？　体調など崩していないですか？　とても心配しています」

「なんも。よくご飯も食べて、逆に少し太ったくらいだよ」

その義母の声色に、彼は手応えを得た。息子に菓子をふるまう声だった。

「夏子は今、家にいるでしょうか？　どうしても話をしたいので。取り次いでもらうことはできませんか？」

しばらく声が遠のいた後に、再び義母の声が返ってくる。

「夏子は、何も話したくないそうだよ」

「じゃあ、夏子に伝えて下さい。家に一人で、とても寂しい思いをしている。僕に落ち度があったなら直すから、連絡をくれないだろうか。そう伝えて下さい」

「いやです」

「は？」

「そういうことは、自分で伝えんしゃい」

それで電話は切れた。田村はしばらく呆然としていた。どうやら、妻は義母にもあることないこと言ったに違いない。自分は明らかに不利だった。他人である自分の言い分よりも、父母が娘の言い分を信じるのは無理もない。可愛い娘に、涙ながらに夫の落ち度を語られたなら、父母なら簡単に騙されてしまうだろう。彼は妻の実家へ押しかけるという強硬手段も考えてはいたが、やはり今は待ちの期間だと判断した。不用心な行動は、取り返しのつかない事態を招く。

慎重に動かなければならない。例えば、高額が動く取引先との商談のように。余計な一言で、まとまりかけた商談が流れてしまうことだってある。彼は義母とのやり取りを振り返り、義母の心理を読み違えていたことを自省した。

帰宅後、田村はリビングでビールを飲みながら煙草を吸っていた。彼は数ヶ月前から禁煙していたので、最初の一本は頭がくらりとした。次の一本はまずまずで、三本目には完全に味わっていた。禁煙を始めたきっかけは、妻の一言だった。ここ最近、煙草の匂いで気持ち悪くなると言う。いずれにせよ、田村自身も健康のためにいずれ止めようとは思っていた。そんな折、彼は駅前で、生活安全課を名乗る中年の男に、歩き煙草で注意された。高校生ならまだしも、この年齢になって煙草で注意されるなど、我ながら情けなかった。こうして田村は、罰金を納めた後に、煙草を止めたのだった。

田村は三本目の煙草を、ビールの空き缶の中へ落とした。灰皿は台所のどこにあるのか分からなかった。と、リビングの窓際のチェストが、彼の目に留まる。そのオーク材の六段チェストは、結婚した当時に購入したが、田村が何かを収納することはない。妻専用のチェストになっている。そのチェストから灰皿は見つけられなかったが、代わりに抽斗の二段目から、A4のカラフルなリングノートを見つけた。家計簿だった。確かに、夕食後に妻がテーブルに向かい、電卓を片手に、せっせと家計簿を記している姿なら見かけたことがある。

ノートのページを開いてみると、日々の収支が、色ペンやら蛍光ペンを使って記されている。彼はその家計簿を見ながら、学生の頃は綺麗にノートを取っていたのだろうと思う。妻とは職場で知り合ったので、学生時代の彼女は知らない。その家計簿には、律儀にレシートまで貼り付けてある。彼はそのレシートの中から、妙なものを見つけた。

日付は妻が家を出る、一週間ほど前のものだ。妻がよく買物をするスーパーのレシートなのだが、タマネギ、カニカマ、スイートコーンに並んで、ノンカフェインコーヒーと記されていた。不可解だった。というのも妻はコーヒーが好きで、ノンカフェインのコーヒーは、ノンカロリーのコーラみたいなものだと不平を洩らしていた。その妻が、なぜカフェインレスのコーヒーを——?

彼は台所の戸棚を漁ってみたが、妻が買ったはずのそのコーヒーは見つけられなかった。実家へ持って帰ったのだろうか。そしてまた別の考えが浮かんだ。妻の周囲に、カフェインレスのコーヒーを好む男がいたのではないか。彼はこの家計簿を片手に、しばらくリビングを右往左往していたが、しかし妻に男の気配など微塵も感じなかった。そして妻は嘘をつけず、隠し事ができない。してみると、このレシートの履歴はいっそう謎だった。

そしてこの商品が、破格の三割引であったことも彼を悩ませた。もしかしたら、安かったので試しに買っただけかもしれない。確かに妻はコーヒーが好きだが、夕方以降に飲むと寝つきが悪くなる体質だった。あるいは割引商品なので、ご近所さんに頼まれたのかもしれない。そんなふうにありとあらゆる可能性を探ってみるが、結局、この問題は解けないままだった。解答を唯一持っている妻と連絡が取れないのだから、彼がこの答えを得る術はなかった。

その後、田村はスーパーの湿ったチャーハン弁当を食べながら、妻が家を出た日のことを思い出していた。妻に最後に会ったのは、木曜日の朝になる。その日、彼が目覚めて、寝惚け眼でリビングへ入ると、妻はいつもと同じように朝食の支度をしていた。白飯に揚げの味噌汁に目玉焼きに味付け海苔。彼は顔を洗ったのちに席について、テレビを観ながら朝食を摂る。妻は一緒には食べない。洗濯やらゴミ出しやらを済ませた後、九時頃に一人で朝食を摂るのが常だった。

上司の送別会があるから、帰りは遅くなると告げる。妻は分かったと応える。彼は妻に見送られて玄関を出る。やはりそれはなんの変哲もない、田村家の朝の光景だった。しかしこの後、田村が帰宅するまでのどこかで、妻はあの置き手紙を書き、簡単に荷物をまとめ、実家へと帰ったのだ。

　この日の前日も、前々日も、やはりいつもと同じ朝だった。そうして日々を遡っていくうちに、彼はいつもと違う朝に辿り着いた。それは何曜日だかは忘れたが、五月のどこかの平日のことだ。

　その日、田村が寝惚け眼でリビングへ入ると、キッチンに妻の姿はなかった。味噌汁の匂いがするので、どうやら朝食は作ってある。家の中を探すと、妻は和室に布団を敷いて横になっていた。身体がだるいと言う。妻にしては珍しいことだった。彼女は子供の頃にスイミングをやっていたせいか、身体が丈夫で、体調を崩すことはめったにないのだ。少なくとも、朝から布団で横になっている妻を、彼は結婚してから初めて見た。

　彼は妻に安静にしているように告げ、すでに作ってあった朝飯を食べ、家を出た。おそらく風邪の引き始めだろう。これから発熱やら、咳やらが始まるかもしれない。巷ではインフルエンザも流行っていた。重症化しやすいとも聞く。彼は途端に心配になり、具合はどうだ、病院は行ったか、レトルトの粥でも買って帰るか、というメールを送ろうとはしたが、午後に大口の取引を担当することが決まり、資料作成に追われてそれどころではなかった。

　帰路、おそらく今日の夕飯は作られてないだろうと思い、彼は吉野家で牛丼を食べて帰宅した。しかし玄関の戸を開くと、ビーフシチューの匂いがした。妻は台所で、いつもと変わらぬ顔で、夕食の準備をしていた。具合はいいのかと訊くと、もう平気だと答える。彼は、夕飯は外で食べたから大丈夫だと告げて、クローゼットへ向かった。とにかくインフルエンザでなくてよかったと安堵した。

しかし今にして思えば、風邪でないのならば、あの日の朝、なぜ妻は横になっていたのだろう。腹でもこわしたのだろうか。そういえば近頃、ソファーで昼寝をしている妻もよく見かけた。疲れが溜まっていたのだろうか。しかし妻は証券マンと違い、毎日、同じ生活を繰り返しているわけで、ある日を境にとつぜん疲れやすくなるなどあり得るだろうか。考えてみるが、やはり答えは見つからない。

そして最終的に田村が行き着いたのは、指輪の件だった。彼は一年ほど前に、結婚指輪をなくしていた。指輪は、もう彼の薬指の一部になっていたゆえ、逆になくしたことに気づかなかった。ある晩の夕食時に、妻に指摘されてようやく気づいた。いつから嵌めていなかったのか、どこでなくしたのか、まったく記憶にない。

結局、セカンドマリッジと称して指輪を新調し、この件は終わった。その新しい細身のプラチナの指輪を、妻も気に入ったようだった。しかしよくよく考えれば、結婚指輪をなくすというのは、女側からすれば、かなりショックなはずだ。もう一年前のことだが、実はこの件が尾を引いていたのではないか――。

今になって思い返してみると、確かにあのときの自分の対応は、平均的な夫以下であった。このとき彼は高額が動く取引を複数抱えており、妻と宝石店を訪れたのは二ヶ月後だった。しかもその二ヶ月間、彼は帰宅が遅く、休日出勤も多く、妻との会話は殆どなかった。つまり妻が傷ついていたかもしれない時期に、彼女を殆ど放置していたのだ。彼は確信を抱いて、妻の実家へと電話をした。電話口からは、銭湯から帰ってきたらしい、義父のしわがれた声が響いてくる。

「どうして夏子が家を出たのか分かりました。指輪の件で謝りたいんです。夏子に繋いで貰えないでしょうか」

するとと前と同じように、老人の声は遠のいていった。おそらくは妻と話している。そして再び、老人の声が戻ってくる。

「悪いけど、しばらくそっとしておいてくれんかね」

それで電話は切れた。

翌日の夜、田村はマーケティング部の植野尚美から夕食に誘われた。N証券では営業部とマーケティング部の連携を重視しており、彼女ともよく一緒に仕事をしている。彼女は五つ下、つまり妻と同じ年齢だった。田村に相談したいことがあるという。田村は面倒見がよいこともあって、ときに女性社員から仕事の悩みを打ち明けられる。植野は既婚者なので、お互いにやましいことはない。

田村は一階フロアで植野を待ちながら、妻との馴れ初めを思い出していた。その頃、妻は経理事務の仕事をしていた。毎日、長時間、数字ばかり眺めていなければならない、その上にミスができない、この仕事をずっと続けていけるのか不安だ——、休憩室でそんなことを洩らしていた。

几帳面な妻らしい悩みだった。いずれにせよ間違いがあれば集計時に分かるし、そのときに直せばいいんだし、気楽にやればいいんじゃない、と彼は適当なことを言った。それで本当に気楽になったのかは知らないが、翌週の金曜日に、彼女のほうから食事に誘われたのだった。

それから三年の交際期間を経て二人は結婚した。田村にしても彼女にしても適齢期だった。妻は結婚を機に仕事を辞めた。もともと気が進まない仕事だったのだ。共働きのほうが稼ぎはいいが、田村はどちらかというと古い考えの持ち主で、女は結婚したら家に入るべきとも考えていた。だから結果として、二人の考えは一致した。彼はふいに妻のカラフルな家計簿を思い出し、家庭では楽しく経理をしていたのだろうと、勝手に想像した。

と、一階フロアの、エレベーターの自動ドアが開いた。植野はダークグレーのジャケットに、同じ色のフレアスカートという恰好で、肩にかかるほどのやや栗色の髪を、ネイビーのシュシュで緩く結っていた。彼女が横に立つと、おそらくは首筋から、フローラル系のフレグランスの香りが漂った。そして左手の薬指には、田村と同じように、銀色の指輪が嵌められている。

田村と植野は、大宮駅よりほど近い場所にある、地下一階のスペイン料理店へ入った。三十席ほどのこぢんまりとした店で、しかし店内の一角にはちょっとしたステージがあった。席に着くと、彼女はジャケットを脱いだ。白く清潔なブラウスの、その一番上のボタンを外した。それを見て、田村も少しばかりネクタイを緩めた。

二人はスパークリングワインで乾杯し、タパスの盛り合わせを少しずつ摘《つま》んだ。赤ワインと肉料理を頼む頃には、彼女はいくらか酔いが回ったようだった。声色は幼くなり、瞳はやや潤んで見える。彼女は仕事ではなく、旦那のことで悩んでいた。旦那が暴力を振るう。今までは平手で叩く程度だったが、先月には拳で顔を殴られたという。確かに、片目に眼帯をしている彼女を、社内で見かけたことがある。ものもらいでもできたのかと思っていたが、まさか旦那の暴力だとは考えもしなかった。彼女は、この人と子供を作って平気なのか不安だという。自分に暴力を振るうということは、子供にも暴力を振るうかもしれない、自分は我慢できるが、子供に暴力が及ぶことは許せない。

田村もDVというのはテレビや新聞で見聞きしていたが、女子供に暴力を振るうなど、彼からすると考えられないことだった。しかし妻のことで悩んでいる自分に、旦那の悩みを打ち明けられても困る。彼はうまい返答ができぬまま、パエリアのサフランライスを頬ばるばかりだった。

と、彼の左後方からアコースティック・ギターの音色が響いてきた。彼がそちらへ振り向くと、手拍子が鳴り響き、最初に見た小さなステージで、赤いドレスを着た踊り子がスポットライトを浴びていた。靴底でリズムを刻み、ときに二拍子でカスタネットを打ち鳴らす。再び正面を見ると、彼女は酔いのためか、両頬をほんのりと染めて、

「急にアイレになりましたね」

アイレというのはスペイン語で、フラメンコ独特の空気や、雰囲気を意味するという。彼はそのアイレの中で、食後酒のブランデーをちびちびと呑みながら、いささか酔い過ぎたかもしれな

いなどと考えるのだった。

食事を終え、駅へと向かって繁華街を歩く最中、田村は彼女に手を握られた。彼は困ったような微笑を浮かべたのちに、軽く手を握り返しておいた。駅までの約五十メートルを、二人は手を握ったまま歩いた。駅に着くと、彼女の手は離れた。今度は彼女が困ったような微笑を浮かべたのちに、改札の向こうへと消えていった。彼は未だ温《ぬく》みの残る手の平を見つめ、彼女とは反対口の改札へと向かった。

これより小一時間後、田村は東大宮のバッティング・センターでバットを振っていた。グリップを強く握り締めて、一心不乱にスイングする。汗だくになってバットを振っていると、手元で快音が響いた。彼の打ち返した打球は、ピッチングマシンを大きく越え、その遥か後方にある緑色のネットの上部を揺らした。


翌日の土曜日、田村は昼間から家で酒を呑んでいた。慣れない焼酎を開けたせいか、悪酔いした。独り言が増える。——メールぐらい返したらどうだ。——自分で伝えられないから電話してるんだろう。——毎日、銭湯ばかり行きやがって。彼は自分で自分の独り言を聞きながら、さすがに酔いを覚まそうと、縁側に座り、庭先を眺めながら煙草を吸った。

庭先では、あいかわらずアジサイが咲いている。花の色合いが、以前とやや変化していた。薄い水色の中に混じる赤味が強くなり、紫色に見える花の手鞠もある。彼はそのアジサイを眺めながら、ふと森下の話していた少年野球を想起した。あのお父さんたちは、怒ってる演技をしているんですよ。そんなことを思い出しながらアジサイを眺めていると、アジサイも演技で花を咲かせている気がしてきた。

彼は縁側からつかつかとアジサイへ歩み寄り、おまえは演技で花を咲かせているんだろう、バレバレだぞ、と洩らしてみる。花は何も言わない。あいかわらず、仄かに甘いような匂いを漂わせるばかりだった。やはり酔い過ぎている。彼は頭を軽く振り、再び縁側に座って、新しい煙草に火を点《とも》した。その煙草の煙をゆっくりと吐きながら、金曜日のゴミ当番をすっかり忘れていたことに気づいた。

3

こうして田村は完全に手詰まりになった。妻との直接の連絡は取れず、義父母は敵に回してしまい、仮に実家を訪問しようものなら、おそらく手に負えない事態になる。彼にできることは、待つことだけだった。待てば海路の日和あり、彼は思うが、しかしその日和がいつ訪れるのか分からないままに、ただ待つというのは、辛抱がいる。

自分に落ち度がないのなら、やはり妻のほうに落ち度があったのではないか、彼はそうも考え始める。彼は妻の洋服簞笥やクローゼットを開けて、彼女の私物を確認してみる。アクセサリーや、スキンケア用品、生理用品なども点検する。妻のお気に入りの、ブラウスの襟元の匂いを嗅いでみたりもした。しかしやはり、他の男の気配は微塵もない。ブラウスの襟元からは、妻がときに使うフレグランスの甘い残り香が漂うだけだった。

彼はソファーで横になり、天井を眺めながら、実家で過ごしている妻の姿を想像した。妻の実家には、何度か足を運んだことがある。静岡市の郊外にある、二階建ての一軒家だった。二階の妻の部屋は、彼女が生活していたときのまま残されていた。学習デスクに木製ベッド、本棚には漫画や文庫本やファッション雑誌、壁にはアジカンのポスターなど貼ってあった。その部屋で彼女が学生時代を送っていたのかと思うと、変な気がした。おそらく妻は今、あの部屋で一日の大半を過ごしている。暇になったら、あの本棚に並んでいた少女漫画でも読んでいるかもしれない。ベッドで腹這いになって、少女漫画を読んでいる妻の姿を想像し、腹立たしくも微笑ましくもあった。

それからまた、彼はソファーで妻の置き手紙を眺めることもあった。たった二十字足らずの置き手紙を、もうなんど読み返しただろうか。彼は妻のその筆跡から、妻の感情を読み取ろうと試みた。その文字は、書き殴ったというよりは、むしろ丁寧に記されていた。感情的な行動ではなく、決意の行動なのだろうか、だとしたら、自分には分が悪かった。

あるとき彼は、手紙を持つ自分の薬指にふいと目を遣った。そこでプラチナの指輪が、蛍光灯の白い光を弾いている。彼の中では、この指輪も、もう薬指の一部になっていた。第二関節の少し下で、初めからそこにあったように収まっている。妻の指輪は、この家には残されていない。

つまり今も、妻の薬指に嵌まっているはずだ。もし妻が実家で指輪を外しており、彼女の薬指に何もないのだとしたら、それはもう取り返しのつかない事態である気がする。

すると彼は途端に、彼女が指輪をしているのかどうか、そのことばかりが気になりだした。妻にメールをしても返事はないだろうし、義父はとりつく島もない。となると、やはり頼れるのは義母だった。彼は居ても立ってもも居られず、再び平日の夕方五時を狙い、オフィスの廊下の窓際で電話をした。

「夏子が今も指輪をしているか、それだけでも教えて貰えないでしょうか？」

その声が、彼が予想していたよりも遥かに悲壮感を帯びており、赤面したうえに汗をかいた。窓ガラスには、殆ど泣き出しそうな自分の顔が映っており、余計に無様だった。電話口では、しばらく沈黙が続いたのちに、

「指輪なら、薬指にしてるから、安心しぃ」

菓子をふるまうときと同じ声色の、義母の言葉が聞こえてきた。

梅雨明けだというのに、アジサイは未だ花の手鞠を蓄えていた。

淡い色合いの手鞠は、淡い色合いの小さな花の集合体でもある。四枚の水色の花弁は、中心から外側へ向かって、絵筆で掠らせたように赤紫色が混じっていく。これは何色というのか考えてもみたが、アジサイ色としか言いようがない。あの水彩絵具の十八色のチューブの並びの中に

〝あじさいいろ〟があってもいい気がした。アジサイ色の花弁の中心部には、別の四枚の半透明の小さな花弁があり、雄蕊と雌蕊はそこからちょんと顔を出している。花の中で花が咲いているように見えた。

田村は出社前に、庭先でそんなふうに意味もなくアジサイを眺めながら、上司から聞いた、日《ひ》日薬《にちぐすり》という言葉を思い出していた。先日に定年退職した、あの上司の言葉だ。あの上司は、何か不幸な事故で娘さんを亡くしていた。――時間っていう日日薬が、傷口を癒やしてくれる、ぱっくり開いた心の赤い傷口にも、やがては瘡蓋《かさぶた》ができて、傷口は傷痕になる、それは日日薬の効果だ。しかし田村は未だ、妻を失ったわけではない。そのせいか、日日薬というのも、いまいち効いていない気がした。

その日の帰路、コンビニへ寄ったさい、彼は自分でもよく分からないままに、八月に使える美術館のチケットを買った。結婚前に、妻と訪れたことがある美術館だった。現状で、二人でそこへ行ける見込みはない。しかし近いうちに、何らかの形で、妻か、義父母から連絡がくるはずだ。それは来週かもしれないし、今週かもしれない。あるいは今日かもしれない。そのときが近いという、確信めいた予感だけはあった。意外にも簡単に、妻と和解できる気もしている。なにせ妻は未だ、薬指に指輪をしているのだ。この二枚のチケットが有効活用される可能性は、充分にある。しかし同時に、チケットが燃えるゴミとなる可能性も、確かに残されていた。

その夜、田村はコンビニ弁当には殆ど手をつけず、酒ばかり呑んでいた。煙草もそうだが、酒量も増えていた。止める人がいないので、ちびちびと、長い時間をかけて呑んでしまう。彼は日本酒の瓶底に積もった琥珀色の澱を眺めながら、酩酊に近い頭でつらつらと考えていた。妻が家を出た理由はこの瓶底の沈殿物のようなものだ、指輪の件は見事に当てが外れたが、この推理は核心に近い、俺に不貞や借金や暴力といった決定的な落ち度がないのだから、些細なことが原因なのだ、些細なことが澱のように積もって、妻は家を出たのだ——。酔った頭で考えたことは、考えた途端に泡のように消えていく。いずれにせよ素面《シラフ》であろうと酔っていようと、気づかない些細なことに気づくなんて平均的な人間にできることだろうか——、その言葉も、次の一口を呑む頃には意識の中で混濁して消えている。

彼は再び琥珀色の澱を眺めながら、酒瓶を攪拌してみた。澱は酒の中で、渦巻きの軌道を描きながら花弁のように舞い上がり、再びゆっくりと、今度は雪のようにして、瓶底へと降り落ちていった。

そんな折、田村はスーパーの野菜売り場で、町内会の班長に出くわした。田村は班長の顔を知らなかったが、班長のほうが田村を知っていた。班長は体格のよい、肌の浅黒い、頭の禿げあがった、中年男性だった。年齢は五十過ぎだろうか、電話口で聞いたのと同じ、野太い声をしている。

「どうもその節は、ゴミ清掃に協力してもらってありがとうございます」

「はぁ」

「お義父さんのご容態はいかがですか？」

「一進一退といった感じですね。今は待つことしかできません」

「そうですか、回復に向かうと良いですね。ところで田村さん、今晩、町内会で納涼祭を行うので、気分転換にいらしてはどうですか？」

「納涼祭？　何をするんです？」

「特に何をするわけでもないんですが、山吹公園に町内会のお店が出て、焼きそばとかお好み焼きとか食べられますよ。あとは花火をしたり」

「はぁ」

その納涼祭の囃子が、夕方に田村の家に響いてきた。彼は自炊でもしようとスーパーに行ったのだが、結局は米すら炊かず、リビングでウィスキーを呑んでいた。夕飯にはちょうどいいと、彼は山吹公園を訪れてみた。露店でも出ているのかと思ったが、公園には白いテントが並んでいるだけだった。そのテントの下で、地域の住人が屋台飯を売っている。祭りというよりは炊き出しみたいだと、彼は苦笑した。

彼は焼きそばとコーラを買い、広場の隅にあるベンチに腰掛けた。祭りの焼きそばを食べたのは二十年ぶりだろうか――、バッティング・センターといい、最近は久しぶりなことばかりする。豚バラ肉とキャベツの焼きそばで、濃口のウスターソースがよく麺に絡んでいる。かつお節と青のりが香ばしい。紅ショウガを摘み、再び麺を頬ばる。近所で毎年やっているなら、来年は妻と来てもいいかもしれない。

花火はいつ上がるのかと待っていたが、どうも広場の中央で行われている子供たちの手持ち花火が、班長の言っていた花火らしい。薄闇の中で、次々に蛍光色が変わっていく火花を遠目に眺めたのちに、彼は公園をあとにした。

涼んだせいもあり、自宅へ着く頃にはすっかり酔いが覚めていた。彼は縁側に座り、妻にメールをした。さっき町内会の祭りに行った。大したもんじゃないが、たまには祭りもいいものだ。焼きそばを食べて、腹も膨れた。そんな内容だった。返事はなかった。


マーケティング部の植野とは、あの後は社内で顔を合わせても会釈をするだけで、話しかけられることもなく、特にメールも来なかった。頼りがいのない男だと幻滅されたのかもしれない。それならばそれでいい。彼女は眼帯もつけていないし、目に見える範囲に青痣なども見つけられない。暴力を振るうという旦那も、改心したのかもしれない。

食堂を通りかかると、森下はあいかわらず旨そうにオムライスなど頬ばっている。田村は森下と交際している、十九歳のギャルを想像してみる。田村の頭の中には、マスカラをたっぷり塗った、小麦色の肌の、金髪の若い女が現れる。森下とはお似合いかもしれない。式では田村さんが仲人して下さいね、と森下には言われている。使えない部下ではあるが、仲人くらいしてやってもいいかと思う。

その日の夕刻、田村は箒とちりとりを持って、ゴミ置き場を訪れた。最後のゴミ当番の日なのだ。その日もゴミ収集箱には、二つのゴミ袋が残されていた。もはやこのゴミを出した家庭は、自分への嫌がらせをしているのではないかと思えてくる。彼はその二つのゴミ袋を引っ摑んで、この高台から放り投げてやりたい気分にもなった。二つのゴミ袋が、中身をぶちまけながら、夕焼けの中を落ちていく。そんな想像をしてみるが、しかし結局はそのゴミ袋を端に寄せ、律儀に掃き掃除を始める。こんなとき、やはり自分は平均的な男だと、彼は思う。

ゴミ掃除からの帰りがけ——、丁字路の左手からサッカーボールが転がってきた。子供が道路で蹴りっこでもしているのだろう。乾いた土でやや汚れたサッカーボールは、彼の目の前の側溝で止まった。そのサッカーボールを子供に蹴り返してやろうと、左手の街路を見る。そこに子供の姿はなかった。誰の姿もない。突き当たりまで、平坦なアスファルトが続いているだけだった。彼はサッカーボールに片脚を乗せたまま、首を傾げた。結局、彼はそのサッカーボールを、転がってきた方向へと軽く蹴り返し、再び街路を歩き始めたのだった。

「帰りに、サンドイッチ用の食パンを買ってきてくれる？」

電線の向こうに自宅の茜色の屋根が見えてきた頃、彼はいつかの朝の妻の言葉を思い出した。彼は玉子サンドとツナサンドが好物だったので、田村家ではよくサンドイッチが作られる。しかし彼は結局、サンドイッチ用の食パンの件を忘れて帰宅した。妻のほうも、自分で言ったことを忘れていたようだった。翌朝には、普通にトーストが出てきた。彼は夕景の街路を歩きながら、空腹だったこともあり、今頃になってその朝に、玉子サンドとツナサンドを食べ逃したことを悔やんだのだった。

七月半ばを過ぎると、次第に夏らしい日が増えていった。昼には木立で蟬が鳴き始め、夜には夏虫の音が響いてくる。田村はある休日の午前、ソファーに寝そべって、先日に購入した二枚のチケットを眺めていた。そのマーブル模様のチケットを眺めながら、八月に妻とあの緑に囲まれた美術館を訪れる未来を想像した。今にしてみれば自分にとっての日日薬のつもりで、このチケットを購入したのかもしれない。

チケットをテーブルへ戻すと、今度は妻の置き手紙を眺めた。もはや眺め過ぎて、その不幸の置き手紙に、愛着すら湧いていた。妻の記した、丁寧な、しかし丸味のある文字を眺めていると、不思議と満たされた気分にもなる。しかしその満たされた最中で腹が鳴った。愛着で空腹は満たされない。彼は冷蔵庫を開けてみるが、スーパーで買った総菜は昨晩に食べてしまった。食器戸棚を漁ると、出てきたのはワンタンスープだった。

田村はいつかの朝と同じように、リビングのテーブルの前に座り、ワンタンスープを作る。熱湯を注ぎ、二分半が過ぎるのを無為に待つ。ぼんやりとワンタンスープの蓋を眺め、妻の手紙を眺め、二枚のチケットを眺め、そして彼の視線は、次第に窓の外へと吸い寄せられていく。

アジサイは、再び色合いが変わっていた。薄い水色だった花は、今では殆どが赤紫に染まっている。陽差しの加減なのか、血のような紅色をした花の手鞠まである。水彩絵具ではなく、もはや油絵具で塗った色合いだった。もう夏だというのに、あのアジサイはいつまで咲いているつもりだろう――。

　ワンタンスープを待つ二分半は、とうに過ぎていた。田村は立ち上がると、縁側でサンダルを履き、戸外へ出て、物置へと向かった。物置の棚から両刃ノコギリを取り、庭へと戻る。彼はそのノコギリを片手に、ふらふらとアジサイへと近づいていく。

　アジサイの前に屈み込み、土から伸びる数本の茎を左手で束ね、首根っこを掴むように握り締める。そして束ねた茎の側面に、右手に持ったノコギリの鈍色《にびいろ》の刃を当てる。根元からこのアジサイを裁断して、すっきりしてしまえばいい。

　田村はノコギリの柄を、強く握り締めた。と、あの仄かに甘い匂いが、頭上から振り降りるようにして漂ってきた。彼はアジサイの影の中で、ノコギリを片手に、少しも動けないでいる自分を見つけるのだった。

風力発電所

青森県六ヶ所村は、風力発電の盛んな地域である。村内には九十基を超える風車機が立ち並び、日々、電力を生み出している。

その話を、私はある市議会議員から聞いた。私はその日、青森県Ｔ市の、某老舗割烹を訪れていた。地元の有志や役人などが参加する食事会だ。私は六歳までＴ市で過ごしており、数年前から作家として細々と活動している。地元ゆかりの作家として市の催しに出席し、その後、顔見知りの地域誌編集者の計らいで、食事会にも参加することになったのだ。ちょうど今晩、ちょいとした会合があるんで、先生も参加しませんかね、小説の種になる話が、聞けるかもしれんですよ、わたしはちょいと野暮用で行けんのですが、なしは通しておきますんで。この上原というといつも酒に酔ったような禿頭の男は、何かと私にイベントを持ちかけてくる。かくいう今回のＴ市の催しも、上原の仲介だった。彼の言う小説の種はともかく、無料で懐石料理が食えるのだから、まぁ悪い話ではない。

老舗割烹を訪れたとき、座敷の個室にはすでに十人ほどの姿があった。紹介によれば、学校長、大学教授、市議、市職員、開業医、新聞記者といった顔ぶれだった。前菜として、三陸沖でとれた、魚介の造りが運ばれてくる。皆は日本酒やら焼酎やらで乾杯したが、私は酒が得意ではないので、コーラだった。左隣の席の学校長は、グラスの焼酎を旨そうに一口呑んだのち、こちらを見て、先生は酒ば呑まんのですか、中上健次も、開高健も、吉行淳之介も、相当な酒呑みだったらしいじゃないですか、などと言う。私はそのいずれの作家についてもよく知らなかったので、曖昧に首を傾げるばかりだった。

適当な雑談で始まった会であったが、酒が進むにつれて、話題は県や市の財政へと移っていった。展望は暗かった。県の人口は年々減少しており、税収も減り、限界集落どころか、消滅集落すらある。そんな折、とある三十代の市議が、六ヶ所村の話題を出した。県内でも、財政が潤っているのはあの村くれぇのもんだ。私はその村が、県内のどこにあるのかすらよく知らなかった。学校長が、鉞《まさかり》の形をした下北半島の付け根にあると教えてくれた。皆、酒が進んでいたせいもあり、その村の話題になると場は白熱し、議員も何人かいた故に、次第に議論の様相を帯びてきた。斜向かいの臙脂色のネクタイの市議などは、ネクタイと同じくらい顔を赤らめて、議会さながらの熱弁を振るっていた。

私は俯いて、鮎の塩焼きなどつついていたのだが、また別の市議の、いやはやあの村は風力発電にも力を入れている、という発言を聞き、顔を持ち上げた。長閑な田園地帯で、煉瓦造りの塔型風車がゆっくりと羽根を回している――、それはテレビで見たオランダの光景だが、六ヶ所村には似たような風景が広がっているのだろうか。私は市議に尋ねた。

「じゃあ六ヶ所村へ行けば、風車機を見ることができますね」

　すると市議は目を丸くして、

「風車機？　そりゃ見られるだろうけど、あんたさん、わざわざ六ヶ所まで行って、風車機を見てどうするんだい」


　翌日の午後、市内のレンタカー屋でカローラを借り、国道を北上した。窓の向こうには、晩夏の田園風景が広がっている。黄金色に穂を垂れた稲の只中に、ゆっくりと稲刈機を押していく一人の農夫の姿がある。私は八年前に他界した、祖父を想起した。祖父も晩夏にはあんなふうに、黄金色の田園で稲刈機を押していた。

　祖父は、青森には三つの国があると述べていた。南部、津軽、下北半島――。T市は県の東側の内陸部にあり、つまりは南部に属する。祖父は古い人間よろしく、津軽の人間を好ましく思わず、一方で下北の人間にはどこか畏怖を覚えていた。不毛の土地に住む、よく分からない人々という印象を持っていたからだ。話す言葉も違う。地域によっては南部弁に近いが、地域によっては下北弁という独自の言葉を話す。その昔、農業協同組合で下北の農夫と話した際、祖父ですら半分しか言葉を理解できなかったという。私は人生の大半を東京で過ごしているゆえ、祖父のような偏見はない。青森は三つの国ではなく、ただの一つの県だと思っている。

国道を北上するにつれ、田圃は見かけなくなり、辺りには褐色の葦の茂る沼地が広がる。どうやら既に村へ入っているらしい。この南北に三十キロ余りの村には、巨大な沼が点在していると、聞いてはいた。いくつかの橋を渡った気がするが、沼を越えると、沼があり、その沼を越えると、また沼があった。内沼《うちぬま》、田面木沼《たもぎぬま》、市柳沼《いちやなぎぬま》、鷹架沼《たかほこぬま》、尾駮沼《おぶちぬま》という名称は聞いていたが、どれがどの沼なのかさっぱり分からない。そしてどの沼も大して景観は変わらず、枯芝色の植物が鬱蒼と茂り、水面には緑藻が斑《まだら》に浮いており、岸辺にはときに泥に汚れた手漕ぎボートが浮いている。民家は見当たらず、人の気配はなく、車の往来もない。朽ちた廃屋やら、赤錆だらけのトタン小屋やらが視界に入り、廃村に迷い込んだのかと錯覚する。路傍の沼地が途切れた頃、湿原の中に、水仙に似た花群れを見つけた。ラッパの形をした黄色い花弁が、空を仰いでいる。村に入ってから、初めて色彩を見た気がした。

その花群れが後方へ遠ざかると、前方に巨大な人工物が現れた。白い塔に取り付けられた三枚の羽根が、薄い空を背景に、ゆっくりと回転している。お目当ての風車機だ。ブレードの長さは三十メートルにも及ぶと聞いている。つまり直径六十メートルの巨大な円を描いて、風車は回転している。その光景は異様で、オランダの田園地帯の風車機のように風景に溶け込むことはなく、都会の人工物を無理やりそこに突き刺したかに見えた。オランダの風車は、干拓や製粉や製油の為にあるのだから、そもそも役割が違う。役割が違うのだから、景観が違って当然かもしれない。

一部の風車は、牧場を縦断するように聳えていた。私は国道を折れ、牧場脇に車を停めて車外へ出た。広大な草地に、十数頭の牛の姿がある。牧草を反芻している牛、香箱座りで一休みしている牛、横たわって昼寝をしている牛――。草地の先の丘に、群れから離れた一頭の黒斑《くろぶち》模様の牛の姿がある。牛はちょうど、こちらを見下ろす形で立ち尽くしている。出目な上に黒目が大きく、ぽっくり瞳孔が開いており、まるで感情を読み取れない。その牛の後方でもまた、白い風車機がゆっくりと羽根を回していた。

と、私のすぐ近くで、一頭が野太い鳴き声を発した。そちらを見下ろすと、鳴き声の主は、口腔内から桃色の舌を出し入れしつつ、旨そうに夏草を頬ばっている。再び丘を見上げると、もう黒斑模様の牛は草地の向こうへ姿を消していた。白い風車機だけが残されている。その羽根の旋回を見るうちに、なぜか急に空腹を覚えた。目当ての風車機も見たことだし、村の市街地で腹ごしらえでもしたら、T市へ戻って適当なビジネスホテルにチェックインしようと思う。

私は再び、沼に架かる橋を渡った気がする。レイクタウンと呼ばれる地域へ出ると、景観は一変した。十全に整備された道幅の広い道路が敷かれ、左右の歩道には緑豊かな街路樹が植えてあり、西洋風の新築住宅や、小奇麗なマンションが建ち並び、ちょっとしたリゾート地の街並みだ。私はその光景に、幼い頃に読んだ〝桃源郷ものがたり〟を想起した。漁師が河を遡った先に見た、あの桃林に囲まれた集落――。〝食事処〟の幟旗《のぼりばた》を見つけ、ショッピングモールの駐車場に車を停める。モールの隣には、村営のコンサートホールがあった。国内屈指の音響設備を持ち、七百人余りを収容する大ホールがあるという。あの市議の言う通り、よほど財政は潤っているのだろう。

ショッピングモールに人気《ひとけ》はなかった。そもそも私は村に入ってから、村人の姿を殆ど見ていない。村の人口は一万人余りと聞いているが、彼らはいったいどこにいるのだろう。フードコートで、醤油ラーメンを注文する。できあがりを待つ間、近場のラックに〝ろっかジャーナル〟なるフリーペーパーを見つけた。子供が青空の下に風車を手にしている表紙で、片隅に“2019 Nov No.128”と記されている。村の情報誌のようだ。その冊子の頁を捲りつつ、ラーメンを啜る。村の花はニッコウキスゲ、村の木はクロマツ、村の鳥はオジロワシであるらしい。写真で見る限り、ニッコウキスゲは水仙に似た鮮やかな黄色い花だった。

〝次世代エネルギー〟と謳った頁には、風力発電所の紹介がある。村内では、複数の事業者が風力発電を行なっているらしい。その中の上弥栄《かみいやさか》風力発電所は、ウインドファーム・パークなる観光客向けの施設を備えていた。〝パーク内の三階パノラマ展望台からは、巨大風車機の立ち並ぶ雄大な景色を望むことができます〟。私はラーメンを平らげると、ろっかジャーナルを片手にフードコートを出た。

上弥栄風力発電所へ着く頃には、日が落ちかけていた。雑木林を切り開いた土地に、メルヘンチックな造りのウインドファーム・パークが、西日を背景に聳えている。閉館時間が近いせいか、来場者は私一人だった。受付の男性職員によれば、ビデオ上映は終了しているが、展望台へ登ることは可能だという。来場者が私一人だったせいか、その男性職員が展望台まで同行した。三十代半ばの、ワイシャツ姿に短髪の快活そうな男だ。お客さんはどちらからおこしで、東京からです、東京からわざわざ、生まれが南部なので、なるほどなるほど、南部藩ですか、あすこには、旨い、馬肉の店がありますね——、そんなやり取りをしつつ、エレベーターへ乗り、展望台へ向かった。

展望台は地上二十メートルの高さにある円形ホールで、全方位硝子張りになっている。職員の案内で室内を半周し〝備蓄方面〟と呼ばれる西側の陸地を眺める。茜色の空を背景に、十数基の風車機がゆっくりとブレードを回転させており、それは日没と相まって、大地に無作為に突き刺した白い墓標にも見える。

「この発電所には、二十基余りの風車機があり、その総発電出力は三万キロワットを超え、実に一万六千世帯の一年分の電力を賄うことができます」

「となると、村の人口が一万余りと聞いているので、この発電所で村民の電気を自給自足しているわけですね、大したものです」

「いえいえ、この風力発電所の電気は、すべて大手の電力会社へ売電されているんですよ。つまりはあなたの家庭の電気に、ここの電力が使用されているなんてこともあるかもしれませんね」

職員は冗談めかして言う。彼は標準語を話してはいたが、言葉の端々に方言特有の抑揚があった。なるほど、そのどこか武骨で硬質な抑揚は、おそらくは津軽藩のものだ。彼は少しばかり私

のほうへ身体を向け、夕日に目を細め、

「南西の方角の風車機周辺には、広い畑があるでしょう。あのへんでは、デントコーンの作付けをしています。環境と調和した、村作りを目指しているわけですね。そして風力発電の長所は、風さえ吹いてくれれば、昼夜問わずに発電できることです。大気汚染の原因にもなりません。クリーンなエネルギーです。デントコーンも、すくすくと健康的に育つわけです」

「この風車機を日本中に建てれば、あるいは風力だけで電力を賄うこともできそうですね」

「残念ながら、そうはいきません。何せ、風力発電ですからね。この土地のように、風が強い地域でないと、発電はできませんよ。南部の生まれなら、あなたも偏東風のことはご存じでしょう。あの冷たい風が吹く土地で、米なんぞ育つわけがありません。その偏東風を逆手に取って、風力発電を始めたわけですね」

　稲だけではなく、人の心まで凍らせてしまうようなその冷たい風のことを、私も知っている。あの偏東風が首筋を通り過ぎていくとき、氷嚢を押し付けられたような、骨にまで響くかの冷気を覚えたものだ。過去にこの風によって、大量の人間が死んだ。冷害による大飢饉で、人々は生き延びるために、農耕馬すら食ったという話だ。

　施設内に蛍の光が流れ、再び職員に同行されてエレベーターを降りる。頼みもしないのに、彼は出口の自動ドアまで付いてきた。

「今晩はどちらにお泊まりで？」

「T市で適当なビジネスホテルに泊まろうかと」

「ここから五キロほど南下した場所に、隠れ家的な民宿がありましてね。飯も旨いんで、宿泊してみてはどうですか？　いい土産話になるかもしれませんよ」

と、どこかの編集者みたいなことを言う。私は曖昧に頷いたのちに、自動ドアを通った。カローラを転回させて、駐車場出口へ向かう。職員は自動ドアの硝子の向こうで、未だこちらを見ていた。よほど暇なのだろう。

夕暮れの国道を十五分ほど走った頃だろうか、路傍に矢印看板を見つけた。〝松木荘、左折二百メートル〟。職員の言う民宿だ。辺りには葦の草原と雑木林しかなく、村の中心街からも随分と離れている。こんな場所で民宿を営んで客は来るのだろうか――。確かに、ビジネスホテルに泊まるくらいなら、この僻地の村の民宿を利用するのも一興だった。路肩に車を停めてレンタカー屋に連絡すると、七千円で一日延長できるという。いずれにせよ話の種になれば経費扱いだ。私はハンドルを左へ回し、矢印看板に従って小路を進んだ。

夕闇の中に、木造二階建ての家屋が見えてきた。〝松木荘〟と墨書きされた木製看板が、玄関に掲げられている。玄関脇には、屋根ほどの高さの松の樹がある。樹皮が黒いのでクロマツだろう。へなへなと湾曲した幹に、針の葉を茂らせている。枝の付け根にある黒い房のような複数の影は、松ぼっくりだろう。

玄関の硝子戸を開けると、右手の受付から老夫が顔を出した。宿泊できるか訊くと、部屋はすべて空いているという。夕食はありあわせのもんになりますが。もちろんそれで構わない。老夫は部屋の鍵を片手に、玄関へ出てきた。この老夫は脚が悪いのか、常に右足を摺るようにして歩く。そのせいで左足を踏み込むときに、床板が低い音で軋んだ。〝幸畑《こうはた》の間〟と木札の掲げられた一階の一室に、鍵を差し込む。六畳の簡素な和室で、広縁では向かい合わせの籐椅子が今日の最後の陽光を浴びていた。夕食は七時に食堂へお越しください、湯をためるので、三十分ほど経ったら風呂へどうぞ、そう言い残し、老夫は右足で畳の藺草《いぐさ》を摺るようにして、部屋から出ていった。

半時が過ぎた頃、浴衣を抱えて幸畑の間を出た。風呂は薄暗い長廊下を歩いた先にある。脱衣所で手早く裸体になり、磨り硝子の戸を開ける。誰も居ない浴室に、湯船からの湯気が立ちこめている。浴槽はさほど広くないが、貸し切り状態なので気分はいい。肩まで湯に浸かり、鼻歌を洩らしつつ、今日一日を思い返してみる。村入りしたときこそ、沼と湿地帯しかない土地だと感じたが、市街地へ出てみれば、財政が豊かなだけあって、インフラは整っており、ショッピングモールやコンサートホールもあり、実に住みやすそうなところだ。私が住む東京の某地区など、財源不足で一部の行政サービスを縮小するなんて話もある。私とて安くはない住民税を納めているのだから、少しはこの村を見習って欲しいものだ。と、戸外から、虫の音とは違う、空気が抜けていくような物音が数回聞こえた。松林を通り抜けていく風音だろうか、しかし自然の音ではなく、どこか人為的な、あるいは人工的な響きにも聞こえた。鼻歌を中断し、耳を澄ます。虫の音と、湯の落ちる音しか聞こえない。私は首の付け根まで湯に浸かり、タオルを頭の上にのせ、鼻歌を再開した。

食堂のテーブルには、焼き鯖、厚焼き玉子、小松菜のおひたし、イカの塩辛などが並んだ。ありあわせと聞いていたが、十分過ぎる夕食だ。さっそく鯖を頬ばってみると、脂がたっぷりのっており、舌の上でじわりと甘みが広がる。なんでも村には大そう立派な漁港があり、鯖は今が旬だという。割烹着姿の老婆が、台所で包丁の音を響かせつつ、

「あんたさん、どっからきたんです？」

「東京からです」

「へぇ、東京なんて、新婚旅行でデズニーランドへ行って以来だよ。今、東京ってどうなってるんだい？」

「どうといいますと？」

「昔とすっかり変わっちまってるのかい？」

「ちなみに新婚旅行はいつ頃？」

「結婚して三十年だから、三十年前だよ。三十年前の三月のことだね」

とすると、一九八九年になるが、この三十年で、東京が大して変わったようにも思えない。東京都新庁舎が建ち、スカイツリーが聳え、オリンピックスタジアムの完成が間近なことくらいだろうか――、そして一九八九年の三月といえば、私も家族旅行でディズニーランドを訪れていた。

老婆は日付まで覚えていたが、私は忘れていた。もし同日ならば、新婚の頃の老婆と、園内のどこかですれ違っていても不思議ではない。と、老婆は小鉢を片手に、台所から出てきた。地元で取れた、長芋の刺身だという。

就寝前、風呂場の共同洗面所で歯を磨き、薄暗い長廊下を歩いて幸畑の間へ戻る。その途中、廊下の左手に、工芸品が並べられた飾り棚があった。木彫りの馬や山羊やふくろうが飾られている。この廊下はすでに何往復かしているが、その棚に初めて気づいた。人間、関心を払わない物には気づかないものだ。

見慣れた撫子の花柄の南部系コケシもあり、持ち上げてみると頭が取れて慌てた。頭は硬い音を響かせて床に落ち、そのまま転がっていった。慌てて頭を拾い、再び胴体と合体させる。しかし落とした拍子に、頭の中の空洞の何かが変わってしまったのか、上手く接続できない。私は辺りを窺ったのちに、やや頭の浮いてしまったコケシを元の場所に戻しておいた。コケシの頭と胴体の繋ぎ目に、関心を払う者はいまい。

その日の夜更け——、奇妙な物音に目を覚ました。戸外から、一定の間隔で響く、人間の吐息のような物音が聞こえてくる。湯船の中で聞いた、あの音だ。音自体は非常に小さいが、常に一定の間隔で響いてくるので、耳に障る。一度意識してしまうと、もう気にしないわけにはいかない。

布団から身体を起こし、麦茶でも飲もうと食堂へ向かった。食堂には、未だ明かりが灯ってい
た。老婆がコップ酒を片手に、テレビを観ている。酒を飲んで軽く酔いながら、深夜テレビを観
ることが、唯一の楽しみだという。私は冷たい麦茶を飲んだのちに、老婆に訊いた。
「この空気の抜けるような耳障りな音は、なんなんですかね？」
すると老婆は皺のある顔を持ち上げ、落ち窪んだ眼窩に収まる妙に瑞々しい目玉で、こちらを
見た。おらにはなんも聞こえね。酔いのせいか、先ほどと声色が違う。喉元に何か引っかかって
いるような、低く、しわがれた声だ。私はリモコンでテレビの音量をゼロにした。すると戸外か
ら、確かに息遣いのような物音が聞こえてくる。しかし老婆は、おらにはなんも聞こえね、と繰
り返す。そして一升瓶の酒をコップへついだのちに、
「あんたさん、仕事なにしてら」
「物書きです」
「物書きってのは稼げんのかい？」
「あまり稼げないですね」
「おらのせがれは、尾駮の施設で、年に六百は稼いでら」
「ご冗談を」
「ほんとだよ、加藤さんとこのせがれも、内藤さんとこのせがれも、おんなじくらい稼いでら」
それから老婆は、ちびちびとコップ酒を呷りつつ、身の上話を始めた。その昔、おらのあんち

ゃやらおんじやら、釧路やら川崎やら、出稼ぎさいったじゃ。それが今じゃ、村外からここさ働きにぐるのもいるぐれぇだきゃ。おらが娘っこのころ、なんもながった。とっちゃ大陸いって、黄色い大地たがやして、引き揚げたら不毛の大地たがやして、馬鈴薯、長芋、牛蒡そだてて、ようやく根づいたら、コンクリで埋め立てられたじゃ。だばって埋め立てられて、稼げるようなったじゃ。

老婆の方言は南部訛りに近かったので、半分くらいは話を理解できた。つまりは老婆の父は満蒙開拓団として大陸へ送られ、引き揚げ後に、今度は戦後開拓団としてこの地に入植したのだ。しかし根づいた畑を、埋め立てられたとはどういうことだろう。満州ならともかく、日本でそんなことがあるわけない。どうもこの老婆は、酒に酔って与太話をしている。老婆はコップ酒を片手に話を続けたが、私を酒のアテにされても困る。私はテレビの音量を元に戻し、愛想笑いを浮かべつつ食堂を出た。

部屋に戻り、布団に横たわり、枕へ頭を乗せると、再びあの音が聞こえてくる。吐息のような、一定の間隔で響いてくる耳障りな音。もはや完全に目が醒めてしまい、おまけに腹まで減ってきた。近くのコンビニで、カップ麺でも買おうかと思う。その後は自分も酒でも飲んで、軽く酔って眠ってしまおう。

調べてみると、徒歩圏内にコンビニなどなかった。車で三十分はかかる。私は車のキーを片手に、松木荘の玄関を出た。カローラに乗り込み、エンジンをかける。深夜の駐車場に、車の排気音がやたら大きく響き渡る。国道に車の往来はない。こんな時間帯に、下北半島を北上する者も南下する者もいまい。カーラジオのスイッチを入れるが、雑音ばかりで上手く電波を受信しない。仕方なくスイッチを切り、車の排気音を聞きながら国道を進んだ。そしてあの物音の正体に気づいた。路肩に車を停め、エンジンを切り、車外へと出る。

暗澹とした夜空に向かって朧気《おぼろげ》に白い塔が聳え、長さ三十メートルにも及ぶ巨大な羽根がスクリュープロペラのように旋回している。その風切音は、この距離だと吐息ではなく、もはや荒い息遣いだ。

——つまりは無関心が罪なのです。

私は風車機の息遣いを聞くうちに、あの鼻息荒く気炎を上げていた赤ら顔の市議を想起した。

——あなたがたはコンセントにプラグを差せば勝手に電気が供給されるもんだと思っとりますが、電力ってのは、そう単純なもんじゃありません。ガスや、水道とは違うのです。

私はその話を聞くともなしに聞いていたのだが、あるとき市議に話を振られた。

——作家先生はどう思われますか。作家というのは世界の在りように関心がおありでしょう。あなたは南部を出て、以降は東京にお住まいだそうですね。言ってしまえば、東京の家庭ゴミが、あの下北半島の辺鄙な寒村に集積するわけです。あなたはこの世界の在りように、どのような見解を？

見解などと言われ、私は曖昧に苦笑しつつ、しかし電気を使わない人間はいませんからねぇ、とお茶を濁した。市議はその答えに失望したのか、一瞬の沈黙の後に、違う人間に、違う話を振った。しかし彼の考えは間違っている。作家が関心を持つのは、現実の世界の在りようではなく、虚構の世界の在りようなのだ。

そして私はこの村自体が、何やら作り物に感じられてきた。辺境の土地に、近代的なインフラ設備、人気《ひとけ》のない市街地、人気のないショッピングモール、七百人収容のコンサートホール——、実のところ、上弥栄風力発電所なんてのも、松木荘なんてのも、実在しないのかもしれない。あの津軽訛りの職員も、足を摺るように歩く老夫も、落ち窪んだ目の老婆も、年収六百万の息子も、虚構の産物なのかもしれない——、などと考え、私はやはり曖昧な苦笑を洩らした。

と、ふいの突風が一帯を通り過ぎ、身体を煽られ、軽くよろめいた。風車機のブレードが、呻くような風切音を発する。その風が過ぎたのち、私は鼻腔に、かすかな腐臭を覚えた。腐臭は、藪の奥の薄闇の向こうから漂ってくる。風車機の軸となる、白い塔が聳える辺りだ。藪の先で、何かが腐っている。私は逡巡の末に、車内からマグライトを取り出した。少なくとも私は、もうそれに関心を持ってしまった。

マグライトを片手に、塔を目指して夜闇の藪を歩く。時折、腰ほどの高さの葦が茂っている。その葦の茂みを掻き分けて、先へと進む。頭上からは、ブレードの風切音が絶え間なく響いてくる。かなりの速度でブレードは回転しており、間近で見ると首でもはねそうな勢いだ。

と、私は靴底に、葦とも枯草とも違う感触を覚えた。柔らかく、そして芯のある何かを踏んだ。

マグライトで足元を照らす。白い投光の中には、大量の鳥の羽が散乱していた。そのうちの一本を拾い上げる。長さは三十センチ程で、黒い毛羽立ちの中に、斑に白色が混じっている。その色合いに、ろっかジャーナルに記載されていた、村の鳥の写真を想起する。おそらくこれは、オジロワシの風切羽だ。しかしなぜ、風車機の近くに大量の風切羽が散乱しているのだろう――。腐臭は、もう鼻を突くほどだった。私は数歩先に聳える白い塔の麓へ、マグライトの投光を向けた。

白光の中に映されたものは、ラグビーボール大の、剝き出しの臓物だった。赤黒い心臓、黄色味を帯びた肝臓、幾重にも細かな血管の筋が張り巡らされた十二指腸、暗灰色で光沢のある大腸――、それらが一体となって、白い塔の麓に供物のようにどさりと鎮座している。なぜこんなところに臓物が――、ブレードが呻り声のような風切音を響かせ、私は頭上を見上げた。ブレードは側面に仄白い月光を浴び、剃刀のような鈍色《にびいろ》の光沢を放っていた。

と、私が手にしているマグライトとは別の鋭い光が、前方を横切っていった。振り返ると、私の車の後方に、別の一台の車が停まっている。マグライトを片手に、私の車の中を確認している男がいる。おそらくは地元の警察官だ。私は慌てて藪から国道へと戻った。

男は足音で私に気づき、マグライトをこちらへ向けた。私もまた、マグライトを男へ向ける。警察官ではない。しかし付近の住民でもない。その五十歳前後の頭の禿げあがった髭面の男は、水色の作業服を着ており、眉間に皺を寄せてこちらを睨んでいる。警察車両かと思っていた車も、近くで見ると白い軽トラックだった。男は私の左手へと視線を落とした。私はオジロワシの風切羽の軸を、未だ左手に強く握りしめていた。何かばつの悪さを覚え、向こうに鳥の死骸みたいなのが――、そう言いかけたところで、男はマグライトを激しく左右に振りながら、

「なだっきゃ×××××××こったら××ば×××してら！」

「は？」

「こご××××分がってら×××××××××まいね！」

下北弁だろうか――、私は男の言葉の意味を全く理解できない。男はマグライトを振り回し、身振り手振りで、早くここから立ち去れ、と示す。そのまま殴りかかってきそうな勢いだ。男の剣幕に押される形で、慌てて自分の車に乗り、来た道を引き返した。と、バックミラーに、ヘッドライトの眩《まばゆ》い光が映りこんだ。軽トラックは、追尾するように私の背後を走行している。一キロ走っても、二キロ走っても、軽トラックが離れることはない。

私は松木荘の立て看板の場所で、ウインカーを出して左折した。松木荘の駐車場でエンジンを切り、バックミラーで背後の様子を窺う。軽トラックは鈍いエンジン音を響かせて、国道の路肩に停車している。未だ高鳴る鼓動のままにカローラを降り、足早に松木荘の玄関へと向かう。その途中、再び何かを踏んだ。ぐしゃりという確かな音が足元に響く。そっと右足を持ち上げると、月明かりに映されたものは、粉々に砕け鱗片を砂利に撒き散らした松ぼっくりだった。と、背後でエンジン音が轟き、振り返ると、軽トラックは国道を直進し、やがて黒塗りの闇へと紛れた。

翌朝、私は殆ど逃げるようにして下北半島を南下し、T市でレンタカーを返却した。夜に新宿で某出版社の編集者と軽く打ち合わせをする予定があったので、適当に時間を潰したのち、東北新幹線に乗車した。東京駅へ着く頃には日が傾き、新宿の待ち合わせ場所につく頃には、もう夜だった。夕立でもあったのか、路面は濡れ、水溜まりが残されていた。

私は新宿の一角で、辺りを見渡す。高層ビル群の四角形に区切られた無数の窓明かり、赤青緑と派手に彩られた電飾看板、ライトアップされた巨大な鉄塔、それらの眩い光源は濡れた路面に反射し、街自体が発光しているかのようなネオンの洪水に、軽い眩暈すら覚えた。瞬きを繰り返していると、すでに近場にいたらしい編集者が、どうしました、子供のように目をぱちくりさせて、などと言う。

我々は近場の個室居酒屋で、簡単な打ち合わせをした。この宮田という顎鬚を蓄えた四十過ぎの編集者は、上原とは違い、常に理知的な話し方をする。そしてふと、宮田が野鳥に詳しいことを想起した。宮田は野鳥の会の会員で、大手出版社で編集をする傍ら、野鳥の会の支部報〝ふくろう〟の編集もしているのだ。私は鞄から、あの風切羽を取り出し、宮田に見せてみた。オジロワシの羽だと思うが、君はどう思うね？　彼は手に取った風切羽をしげしげと眺め、大きさと色合いからして、確かに鷲のものに見えますね、下北半島で拾ったなら、オジロワシの可能性は高いかと——。

「鷲の大きさってのが、いまいちぴんとこないんだけど、例えばこれくらい？」

私は両手で、ラグビーボール大の空間を作る。宮田は、それはどの部分の大きさですか、と訊く。胴体の大きさだよ、私が答えると、彼は苦笑して、

「いえいえ、そんな巨大な鷲なんていませんよ。オジロワシの全長は九十センチほどですが、それは嘴から尾の先の長さですからね。胴体だけなら、せいぜいこんなもんでしょう」

そう言って、彼は両手で随分と小さな空間を作った。それから再び風切羽を手にし、軸をまわして羽毛をしげしげと眺めつつ、

「これは冬の間に落ちた風切羽ですね」

「冬の間？」

「オジロワシは、渡り鳥ですから。今時分は、サハリンあたりを飛んでいることでしょう」

この風切羽は、土産だと勘違いした家内が、自作のフラワーリースのアクセントに使った。草花のちりばめられたそのフラワーリースは、居室の北側の壁に、どこか誇らしげに飾られている。

＊

これはつい最近のこと——。近所のスーパーから帰宅した家内は、エコバッグから野菜やら卵やらを冷蔵庫へ移し替えつつ、ぐちぐちと愚痴を洩らしていた。なんでも、もう夕方だというのに、まだゴミ収集車が来ておらず、集積所がゴミで溢れていたという。カラスに荒らされて生ゴミが道路にまで散乱していたし、堪ったもんじゃないわよ、区の清掃員は何をしてるのかしら。

確かにこの所、コロナの影響もあるのかゴミ収集が遅れ気味だ。まさか財政悪化で、清掃課の人員まで削減しているわけではあるまい。

家内は二割引のお買い得品だったという鶏肉を使って、夕食の照り焼きを作り始めた。今度は鼻歌を洩らしつつ、IHコンロで胸肉を炒めている。不満を言うだけ言ってしまうと、すぐに機嫌がよくなるのはいつものことだ。私はというと、居室のソファーに腰かけて、吉行淳之介の文庫本を読んでいた。なんの因果か、宮田の依頼で、吉行の対談集の解説を書くことになったのだ。

一方で上原からは、あの後に一度だけ電話があった。先生、六ヶ所さ風車機を見に行かれたそうで、あの土地には、他にも見るべきものがたんましありますんで、今度はぜひわたしもお供させてもらえれば、その折はよろしゅう。あいかわらず上原は、素面《シラフ》なのか酔っているのか分からない舌足らずな口調で述べていた。

文庫本の文字は、次第に薄闇に沈んでいった。戸外を眺めると、太陽はもう電線の向こうへ沈もうとしている。私はソファーから立ち上がり、電気スイッチを押す。その直後、眩い明かりの下に、乾燥した草花の合間に差し込まれたオジロワシの風切羽がふいに目に留まった。光を浴びた風切羽は表面にエナメルのような七色の光沢を帯びており、――この風力発電所の電気は、すべて大手の電力会社へ売電されているんですよ、私の記憶は送電線を辿るようにして瞬く間に風車機の白い塔の供物へと行き着いた。ラグビーボール大の、正体不明の、腐臭を放つ艶やかな臓物の塊――。

と、居室に醤油の焦げた甘い香りが漂い、空腹を覚え腹が鳴った。家内がテーブルに、鶏肉の照り焼きが盛り付けられた平皿を置く。私は手にしていた文庫本を放り出し、テーブルの前に座る。食卓には、白飯に味噌汁、鶏の照り焼きにフレンチサラダが並んだ。ナイフとフォークで、鶏肉を切り分けていく。

口にしてみると、やわらかい肉質の旨い鶏肉だった。味は二割引じゃないな、そう言うと、わたしの腕がいいからよ、家内が得意げに答える。それから彼女はフォークに刺した肉片を頬ばり、あら、でも本当にいい鶏肉ね。

私はテレビのスイッチを入れ、家内はエアコンの温度を少しばかり上げる。頭上の四灯のLED電球が、私と家内と食卓とを煌々と照らしている。あの鉞の付け根の小さな村では、今も風車機が三枚のブレードを回転させ、電力を生み出していることだろう。

埋立地

ある土曜の午前、彼はサッカーボールを片手に、息子の浩太と、公園へと繋がる並木の散歩道を歩いていた。全長一キロはある散歩道で、欅や楡が梢に青葉を茂らせている。樹木の幹では、夏蟬がじりじりじりと準備運動のような鳴き声を発していた。彼はその鳴き声を聞くうちに、ふとある挿話を想起して、

「パパが子供の頃この辺りはぜんぶ田んぼでさ、小学生の頃に埋立工事が始まってさ、ある日に妙な横穴を見つけてさ——」

浩太はこちらを見上げ、これから始まるだろう昔話に瞳を輝かせている。誰に似たのか知らないが、運動より物語が好きな子供だ。

＊

浩一の住む郊外の小さな町で、都市開発の名の下に埋立工事が始まったのは、彼が小学三年の

頃だった。学校の校庭の三百倍はあるだろう広大な田園や緑地を埋め立て、更地にする。開発区画の中には、ザリガニ釣りをした小川があり、クワガタ捕りをした雑木林があり、サッカーや野球をした空き地もある。

——適切な整備を行ない、郊外型都市としての発展を目指します。役所の冊子には〝開発完成予想図〟なる水彩画のイラストが掲載されていた。新築住宅や商業施設が建ち並び、幅広い道路が敷かれ、並木の散歩道があり、緑豊かな公園があり、新式の小学校まで描かれていた。

しかし都市開発は、一向に進んでいないように思われた。浩一が小学三年の頃、広大な土地は二階ほどの高さの緑色のフェンスネットで区切られた。三年が過ぎ、浩一が六年生になった時点でも、やはりネットで区切られたままだ。七月のある学校帰り、浩一と隆と登と修の幼馴染四人は、この工事現場を訪れ、ネットの内側へ侵入した。随所に立入禁止の看板が掲げてはあるが、地面とネットの間には隙間があり、子供の身体ならば簡単に潜って抜けられる。

隆はスポーツ刈りの活発な少年で、地区野球では四番を務める体格の持ち主だ。登もまたスポーツ刈りだが、小太りでどんくさく、体育の徒競走でもマラソンでも、いつも顔を紅潮させて最後尾を走っている。修は眼鏡に刈上げで、四人の中では唯一進学塾に通っている。裏切って私立中学にいく気か？　いつか隆が冗談めかして訊き、修はなんとも答えずに苦笑していた。浩一はというと、坊ちゃん刈りの色白の少年で、勉強も運動も平均的、唯一の特技といえば日記を書くことだった。担任が生徒全員に提出を課している生活日誌で、何度か褒められたことがある。

フェンスネットの内側の田園や緑地は、三年の年月を経て、確かに埋め立てられていた。広大な土地には、赤土に汚れたブルドーザーやショベルカーが、置物のように点在している。休工日なのか、作業員の姿は一人も見当たらない。

四人は暫く埋立地を探検したのちに、一台のブルドーザーに乗り込んだ。レバーやらスイッチやらを適当に弄って遊ぶうちに、エンジンキーが差さったままであることに気づく。このキーを回したらエンジンがかかったりして、隆がにやけつつキーを回すと、足元から野太い駆動音が轟き、全身に振動が伝わってきた。隆は慌ててエンジンを切り、四人はブルドーザーから飛び降り、笑い声と叫び声をあげつつ、フェンスネットへ駆けたのだった。

と、フェンスネットの外側へ出たところで、登が騒ぎ出した。ランドセルのフックに付けていた交通安全お守りを、埋立地のどこかで落としたという。しかしもう日暮れも近く、広大な区画の中から小さなお守りを探すことなど不可能だ。

お守りなんてまた買えばいいじゃん、と修が言い、神様を落とすだなんて縁起が悪いじゃん、と登は半べそで答える。結局、登は一人で再びネットの内側へ入り、うろうろとお守りを探していた。と、どこからともなく、十七時を告げる、夕焼け小焼けのチャイム放送が響いてきた。そのチャイム放送が鳴りやまないうちに、登は腹這いになってネットの外側へ戻ってきた。お守りなら桜桃神社で三百円で売ってるよ、浩一が励ますように言うと、登は眉毛をハの字にした。

夏休みを目前にした学校帰り、四人は再び埋立地へ向かった。その日は早帰りだったゆえ、日暮れを気にせずに、好きなだけ探検ができる。緑のフェンスネットには、かなりの数の夏蟬が留まっていた。どの蟬も、じりじりと小さく呻くように鳴いている。七日の猶予しかないんだから全力で鳴いてメスを探さないと、と修がにやけながら言う。

手が届く範囲に、蟬の抜け殻が、羽化の瞬間の形を留めたまま貼りついている。隆がそれをむんずと摑んで剝がすと、ぼろぼろと形が崩れて飴色の粉になった。隆は手の平を払い、しかしあちぃなぁ、などと洩らし、自身のTシャツの襟首を持って上下させた。

隆を先頭に、順番にフェンスネットを潜り抜ける。埋立地は、前回とは少し様子が違っていた。すり鉢の形をした穴や、ピラミッドの形をした山が、広大な土地に点在している。しかし三年以上という、子供からすると途方もない年月が過ぎていながら、未だ一つの建物もできていない。あの完成予想図の水彩画は夢物語で、この土地は永遠に掘ったり埋めたりを繰り返すだけにも思えてくる。

そして四人はある区画に、その横穴を見つけた。前回は更地だった場所に、直径十メートル、深さ五メートルはある、巨大なクレーター状の穴が掘られている。その穴の底の側面に、円形の横穴がぽっかり口を開いているのだ。

四人は靴底を滑らせて、慎重に土の斜面を降りた。近くで見ると、内径二メートルほどのコンクリ製の横穴で、日の光の届かない穴の奥は暗闇に沈んでいる。横穴上部の土の斜面には、赤のペンキスプレーで〝土〟と記されていた。

「土に土って、ここの作業員はアホなんじゃねぇの」隆が笑う。

「ずいぶんと深そうだなぁ」と浩一。

「でもなんの為の横穴なんだろう？」登は首を傾げ、

「都市開発の為に、下水道を新設してるとかじゃないか」修が答える。

立入禁止の工事現場に惹かれたように、横穴という未知の入口は、否応なく少年たちの好奇心をそそる。

穴の中を探検してみようぜ、隆が興奮気味に言い、登も修も瞳を輝かせる。浩一もまた、この横穴がなんの為のものなのか、どこへ繋がっているのか、確かめたい気持ちを抑えられない。しかし横穴の数メートル先は、もう完全なる暗闇だ。懐中電灯など持ってないし、買う金もない。と、修がランドセルから缶ペンケースを取り出した。一本の油性ボールペンを手に取る。ボールペンのペン先を押し出すと、ペン先に白い明かりが灯る。ペンライトだ。

はやる気持ちは抑えられないが、四人が何より心配したのは、現場作業員に見つからないかだった。親はともかく、もし学校に連絡がいったら、と思うとぞっとする。いつか隆は下校中の買い食いが学校にバレ、学年主任で体育大出身の元水球選手の種田に、平手打ちを食らって奥歯が抜けた。ぐらぐらしてた乳歯だったからちょうど良かったぜ、平手打ちで大人になれるなら安いもんだぜ、隆は水飲み場で口を漱《ゆす》ぎ、血の混じる水を吐きながら、半べそで洩らしていた。今回の件がもし学校にバレたら、買い食いより明らかに重罪で、平手打ちで済みそうにない。

浩一と修は、一度クレーターの斜面を登り、周囲の様子を窺った。見渡す限り、どこの区画も工事をしている気配はなく、一人の作業員の姿も見当たらない。遥か遠くのプレハブ小屋に作業員が常駐している可能性はあるが、わざわざこのクレーターまで様子を見にくるとも思えない。二人は斜面を降り、地上の様子を隆と登に告げる。四人は顔を見合わせる。修がペンライトを点けたり消したりしつつ、

「では多数決できめます、横穴探検をしてもいいと思う人は挙手して下さい」

日光の下に、四本の少年の手が挙がる。四人は一本のペンライトの灯りを頼りに、横穴の奥へと進み始めた。

地下だけあって空気はひやりと冷たく、数分も歩くと汗は引いた。入口付近にこそ目新しい工具が置かれていたが、奥へ進むうちに、どうやら都市開発に伴って新設された横穴ではなく、元から地中に空いていたことが分かった。横穴の内側の表面には、随所に数十年の経年が窺える赤錆が付着していた。つまり古い下水道を、都市開発に伴って撤去することになったんだな、修がそんな仮説を洩らす。横穴は緩やかな下り坂なのか、振り返ると入口の日光が半円になっていた。足を進めるにつれて、日光の範囲は次第に狭くなり、やがては消えた。

四人は横穴を奥へと進みながら、次第に高ぶる気持ちを抑えられなくなった。隆がヤッホー、と雄叫びをあげる。その声は、反響はするが木霊することはなく、穴の奥へと消えていく。次に登が、修が、浩一が、順番に雄叫びをあげる。横穴内に反響する。つまり皆は同じ毎日、同じ学

校生活にうんざりしていたのかもしれない。漫画やアニメの主人公は、冒険に事欠くことはない。でも自分たちは、ランドセルを背負って自宅と学校とを往復するだけだ。休日と言っても、皆でゲームをするか、公園で野球をする程度なのだ。貴重なはずの少年期が、無為に過ぎていく。だからふいに訪れた危険を伴う探検は、むしろ僥倖だった。

と、修が足を止め、うわぁ、とすっとんきょうな悲鳴をあげた。ペンライトで地面を照らすと、一匹の白いヤモリがいた。残りの三人も、似たような悲鳴をあげる。ヤモリはピンク色の舌をぺろりと覗かせたのちに、灯りの届かない暗がりへと逃げていった。

「ペットの白ワニが、下水道で巨大化してたって話を聞いたことあるな」

「じゃあこの横穴には、巨大化したヤモリが棲んでたりして」

「ピンクの舌でぺろりと人を喰うヤモリってか」

「アハハハハ」

と、再び修が足を止め、ペンライトを足元へ向けた。地面に何か落ちている。手に取ってみると、アルファベットの記された長さ十センチの金属プレートだった。かなり錆びており、文字も欠けているが、どうにか判読できる文字列もある。“×××YOUKAICHI-673×××”。八日市というのは、この辺りの町内会の名称だった。住所名と町内会名が違うのは、古い字《あざな》を使っているからだと聞いたことがある。となるとやっぱり俺の仮説は正しくて、八日市の時代に使用されていた古い下水道なんだろうな、修が得意げに言う。

その後、四人はしりとりなど始めた。しりとり、りんご、ごりら、らっぱ、ぱんつ、つりばし、しらみ、みかん。皆が大声で笑う。笑い声が反響する。そんなふざけたしりとりを三回ほど繰り返したところで、天井がやや高くなっている空間へと出た。隆が、少し休憩しようと言い出す。休憩なんて要らない、皆が言う。すると隆はにやりと笑い、ランドセルから長方形の黄色い紙箱を取り出した。森永のミルクキャラメルだ。おまえ種田に歯を折られても懲りない奴だな、修が笑い、歯を折られて懲りるような奴は立派な大人になれねぇよ、などと隆も笑う。四人はキャラメルを口に放り込み、腰を下ろして小休憩をした。

この状況が、あるいは一本の灯りが、あるいは一粒の甘いキャラメルがそうさせるのかは知らないが、四人は普段のバカ話とは違い、将来は何になりたいか、という随分と建設的な話をした。隆は将来、医者になりたいという。二年前に母親が肺炎で入院してさ、生きるか死ぬかの状況を、爺さんの内科医が助けてくれたんだよ、俺もあんな爺さんになりたいよ、そんな模範的な回答をする。

登は、将来は先生になりたいと言い、皆がげらげらと笑う。勉強も運動もできない登が先生なんてのは、全く想像できない。修は小学生らしく、将来は社長になりたいという。なんの会社の社長になりたいんだ、隆が突っ込むと、金持ちになれるならなんの会社でもいいよ。

最後に浩一の番になるが、浩一は将来になりたいものなどなかった。それでやはり小学生らしく、サッカー選手と答えておいた。でもおまえ、サッカーなんてたいしてやらないじゃん。すると修が、まぁまぁ、浩一は胸の内に秘めるタイプだからな、将来はテレビに出るような、サッカー選手になってるかもしれないぜ。口の中のキャラメルが溶けた頃に、四人は再び横穴を歩き始めた。

「でもこの横穴、どこまで続いてるんだろう？」

「下水道だとしたら、どこかで建物に登れるような場所があるんじゃないか？」

「その建物から外に出たら隣町、なんてこともあったりして」

「面白そうじゃねぇか」

四人は探検の明確なゴールを見つけ、弾むような足取りで先へと進んだ。隆がぐりこ、と唱えて三歩進む。次に登が、ちよこれいと、と唱えて六歩進む。子供は実にいろいろな遊びを考えつくものだ。グリコ遊び、軍艦じゃんけん、グリンピース、いっせーのせ、こっくりさん。グリコ遊びってチョキとパーで勝ったほうが得だよな、修が言い、でも地方によってはグーで勝つと、ぐりこのおまけ、で七歩進めるらしいよ、浩一が返す。

「ぐ、り、こ、の、お、ま、け」

そこで皆の足は止まった。地面にまた何か落ちている。今度は六角形の朱色の小袋が、闇に紛れていた。

修がその小袋を拾い、ペンライトの灯りで照らし出すと、〝交通安全御守護〟と記されている。登が落としたお守りだ。地上で落としたお守りが、なぜ地下の穴の中に――？

つまりは作業員の一人がお守りを拾って、横穴での作業中に落としたんだろうな。修が再び仮説を立てる。最初の仮説に比べると、いささか怪しい気がする。登はというと、良かったぁ、ずっと気にかかってたんだよ、なにせ縁起ものだしさ、明るい声で洩らし、お守りをランドセルの前ポケットへ入れた。

横穴は途中で二股に分かれた。片方の穴を選んで進むと、再び二股に分かれる。片方の穴を選んで進む。この辺りから、次第に皆の足取りは重くなった。いくらなんでも、奥へ進み過ぎている。子供の足とは言え、感覚的に一キロは歩いている気がする。埋立区画はゆうに越えて、本当に隣町の地下まで進んでいるんじゃないだろうか――。

口数も少なくなり、もうしりとりをする気にも、グリコのおまけを唱える気にもなれない。ねぇ、そろそろ帰ったほうがよくない、最後尾を歩いていた登が弱々しい声で言い、隆が、馬鹿、ここまで来たらぜったい建物から地上に出てやる、無理に強がった声色で言う。修も賛成し、浩一すらも、確かに今さら引き返す気にもなれない。漫画やアニメの主人公は、途中で冒険を投げ出したりしない。

浩一は両腕を水平に伸ばして内径を確認する。穴の大きさに変化はない。穴の側面も、赤錆が付着したコンクリートが続くばかりだ。ただ暗闇の質感が、次第に変化している気がした。暗闇に重みを感じる。その暗闇の重みが、皆の足取りを重くさせ、隆を無理に強がった声にさせている。

と、先頭を歩いていた修が、突如、足を止めた。その背中に隆がぶつかり、おまえ急に立ち止まるなよ、と文句を言う。修はペンライトの薄明かりの中で、こちらへ振り向いて、

「何か聞こえなかったか？」

皆は耳を澄ます。お互いの呼吸音以外は、何も聞こえない。

「おいおい、怖いこと言うなよ。この状況で、そんな冗談はシャレになんねぇぞ」

そう言った隆の顔が、みるみるうちに青ざめていく。今度は確かに、浩一にも聞こえた。ペンライトの灯りが届かない、穴の奥の暗闇の更に奥から、苦し気な人間の呻き声が響いてきたのだ。皆は無言で顔を見合わせた。誰の瞳にも怯えの色が窺える。と、足元に何か生あたたかい感触を覚える。修もそれに気づき、ペンライトを足元へ向ける。

いつの間にか、足首の辺りまで、濁った汚水に浸されている。赤や肌色が斑《まだら》に混じった、淀んだ体液のような色合いの汚水。その汚水を見た登が、ひっ、と悲鳴に近い声をあげ、その声に修はびくりと身体を震わせ、誤ってペンライトを手から落とす。汚水に沈んだペンライトを、慌てて手探りで拾い上げる。皆が一点の灯を見つめる中で、二三の明滅の後に、その灯は消えた。ペン先の出し入れを繰り返す音が聞こえる。もう灯りは点かない。一帯はお互いの顔すらも見えない、完全な暗闇に浸された。

お守りを拾った辺りから、薄《うっす》らと覚えていた疑念が、浩一の中で膨らみ始める。この横穴は本

当に下水処理用の施設なんだろうか、本当は違うんじゃないだろうか、もし違うとしたら――？と、今度は確かに闇の奥から、この世のものとは思えない唸声《うなりごえ》が轟いてきた。膨れ上がっていく遠吠えのような長い長い呻き声が、暗闇に反響していく。

四人は悲鳴を上げながら、横穴を引き返した。暗闇の中に、四人分の慌てふためいた足音が反響する。悲鳴と足音は余計に頭を混乱させ、どこをどう走っているのか分からなくなる。最低でも、途中で二回の分岐があった。もし分岐を間違えたら――？　暗闇は方向感覚を失わせ、思考力を奪う。行きの左は帰りの右で、行きの手前は帰りの後ろ――。

前方で誰かが転び、痛い痛い、と大声をあげる。その誰かに誰かがぶつかり、喚き声をあげ、その喚き声の誰かに浩一も足を取られて転んだ。鉄錆の匂いがする汚水で、顔面がべったり汚れたことが分かる。浩一は両手で顔面を拭い、頭を振るが、嫌な予感は振り払うことができない。

と、身体のあちこちで、無数の細かいものが動いている感触を覚える。掌も見えない闇ゆえに、それが何なのかは分からない。しかし確かに、顔周りや首筋や背筋の辺りで、米粒大の無数の蟲《むし》のようなものが蠢いている。穴の奥の主は、赤褐色の体液を垂らし、米粒の蟲を溢れさせて、こちらへ近づいているかもしれない――、嫌な予感は膨れていく。

と、暗闇のどこからか、誰かの声が聞こえた。

「左手で、穴の側面を触りながら進むんだ！」

為す術のない状況で、人を導くその声は、否応なく胸に響いた。浩一は言われるがままに、左手で穴の側面を触りながら歩く。いくつかの角を曲がり、分岐を過ぎたことが分かる。

「おい、ちゃんと四人全員いるか？　いたら自分の氏名を大声で言え！」

今度は誰の声か分かる。隆の声だ。日渡修、加藤登、西野浩一、それぞれが自分の氏名を叫ぶ。そして最後に隆が、田辺隆、と力強く叫んだ。ときに点呼を取りつつ、暗闇の中を進む。

目の前の暗闇は、就寝前に天井に見る暗闇とは異なるものに感じる。一切の光源を蝕んでしまう濃密で隙間の無い暗闇——、浩一はときに、右手の掌で、自分の身体をぺたぺたと触って確認した。暗闇に紛れて、肉体がなくなってしまう気がしたのだ。

どれだけの時間が過ぎたかは分からない。何度目かの点呼を取り始めたところで、遥か前方に細長い光の線が見えた。その光を見るやいなや、四人は歓声をあげて穴の中を駆け出した。足を進めるに連れて、光は日食直後のように、三日月形、半円、膨らんだ半円と、円に近づいていく。

眩《まばゆ》い円の向こう側へ飛び出すと、頭上から一気に光が差し込み、視界が白色に染まった。額に手をかざし、瞬きを何度か繰り返すと、次第に青空が浮かび上がってくる。皆は歓声をあげて抱き合った。互いの身体を離して、陽光の下で皆が各々の顔を見て瞳を丸くした。

「おまえ、なんて顔してるんだよ」

「いや、隆こそなんて顔してるんだよ」

「死人みたい」

「アハハハハ」

皆の顔は、青黒い石灰のようなもので汚れており、誰が誰だか分からないほどだった。四人は汚れた顔を見合わせて、けたけたと笑った。

クレーターの斜面を登り、近くにあった仮設水道で順番に顔を洗う。暗闇の中で聞こえた、あの自信に満ちた人を導く声の主は、登だった。

「帰り道が分からなくなると怖いから、分岐点を過ぎてから、僕はずっと右手で横穴の側面を触りながら歩いてたんだ。だから帰りは、左手で側面を触りながら歩けば大丈夫だと思って」

「へぇ、登らしからぬ機転だなぁ」

と、背後から大人の声が聞こえて皆は振り返る。作業服に黄色のヘルメットの数人の男がこちらへ近づきつつ、ガキども、こんなところで何やってやがる、鬼の形相で怒号をあげる。その剣幕に、四人は慌てて緑のフェンスネットへ向かって駆けた。ネットを潜って埋立地の外へ出ると、脇目も振らずに自宅方面へ逃げたのだった。

この後、浩一は母にこっぴどく叱られた。衣服が真っ黒に汚れていたからだ。汚れは洗っても落ちそうになく、燃えるゴミとして処分された。後に聞いたが、やはり皆も母親に叱られ、服を捨てられていた。いずれにせよ、種田の平手打ちに比べればマシだ。あの交通安全お守りは、正月に桜桃神社に返納するという。やっぱり一度落としているし、落として拾った神様とか、ご利益もなさそうだしさ――。

翌週から、小学生最後の夏休みが始まった。町内盆踊り大会があり、市内花火大会があり、油蟬やらミンミン蟬やらのけたたましい鳴き声を聞きながらゲームをして宿題をして、最後の夏は終わろうとしていた。

八月末の日暮れに、四人はなんとはなしに、再び埋立地を訪れた。クレーター地帯は綺麗に埋め立てられ、更地になっていた。でもあの穴の奥でのできごとはなんだったんだろう、登が首を傾げながら言い、修もまた首を傾げる。

穴の奥から響いてきた声は、風が吹き抜ける音だったのだろう。足を浸した汚水は、実際には靴底を濡らす程度の下水の残りだったのだろう。身体を蟲が這う感覚は、土埃でも付着してそう錯覚したのだろう。浩一はそう仮説を立てたが、口にはしなかった。

登と修は落とし物でも探すように、辺りをぶらぶらと歩いていた。隆はどこからか拾ってきた木材で、なぜか躍起になって土に図形を描いている。浩一は夕景の埋立地の只中で、今頃になって、ザリガニが棲む小川や、樹液の出るクヌギの大木や、草花が疎らに生えた小さな空き地を思い出していた。

と、夕焼け小焼けのチャイム放送が響いてきて、皆は顔を見合わせた。無言のままに、ゆっくりと埋立地の外側へと向かう。以降、もう四人がフェンスネットの内側へ立ち入ることはなかった。

都市開発は、牛の歩みで進んでいたようだ。フェンスネットの内側からは、よく重機の騒音が響いてくるようになった。浩一と隆と登は地元の公立中学へ、修は東京の私立中学へ進学した。新しい環境で、新しい生活が始まると、皆が少しずつ疎遠になった。もう、埋立地を探検しようという少年時代は過ぎていた。

大学進学を機に浩一は上京し、中野に安アパートを借りた。大学では演劇部に所属し、劇作家を夢見たこともあったが、結局は他の学生と同じように就活をした。ある大手商社の面接帰り、偶然、地下鉄の電車内で修と再会したことがある。互いにリクルートスーツ姿で、当時の面影は乏しかったが、不思議と、あ、とすぐに気づいた。修は私立大学の経済学部へ進学し、金融関係に絞って就活をしていた。

乗り換え地点まで、ちょっとした思い出話をする。故郷の都市開発の進捗について話が及んださい、あの夏の埋立地の件にも触れる。驚いたことに、修は横穴探検を明確に覚えていなかった。穴の奥の声や汚水や、登の手柄で脱出できたことすらも忘れていた。十年近く前の一日のことをよくそんな鮮明に覚えているなぁ、と修は感心しつつも、妙に納得した様子でもあった。修とは本郷三丁目駅で別れ、その後に再会したことはない。

浩一は大手商社への就職が決まり、その二年後に職場結婚をした。家庭を持ち、会社勤めの多忙な日々を過ごしていると、少年時代はおろか過去そのものが埋没していく気がする。隆や登や修のことも、日常が積み重なるうちに忘却していく。が、浩一はその日常のふとした拍子に、例えばビジネスバッグを抱えて外回りをしている最中、ランドセルを背負った四人組の男子を見かけたりすると、少年の姿のままの彼らを想起する。その追憶の中では、浩一もまた坊ちゃん刈りで日記だけが取り柄の少年のままだ。彼らは今どこで何をしているのだろう——、案外、皆はペンライトの灯りの中で語った夢を叶えているかもしれない。

三十を過ぎ、子供が小学校へ上がる年に、浩一はあの水彩画の新興住宅地に二階家を買った。東京暮らしには辟易していたし、実家が近いのは何かと便利だし、何より新設された市立みどり野小学校はすこぶる評判が良かった。広大な区画には〝開発完成予想図〟と同じ光景ができあがり、今なお発展を続けている。あの横穴を見つけた辺りは、校庭三つ分の広さはある自然公園になった。土日になると多くの家族連れが訪れ、芝生の緑地で、ピクニックやキャッチボールやサッカーを愉しんでいる。

＊

「で、結局その横穴はなんだったの？」

短い昔話を終え、公園の芝生の緑地が見えてきた頃に、浩太はこちらを見上げて訊いた。

「まぁ、修の仮説通り、古い下水道だったんだろうな」

彼が胸に抱えているサッカーボールを、浩太は手の平でぺちぺち叩いたのちに、

「でも下水道じゃなかったのかもしれないよ」

彼は苦笑して、

「だとしたらなんだったんだよ？」

浩太はしばらく首を傾げたのちに、

「うーん、どっかちがうとこに繋がってる横穴」

よく分からない返答に再び苦笑しつつも、しかし子供の無垢な声で言われると、それが正しい気もしてくる。

と、浩太は彼の腕からサッカーボールを奪い取り、ドリブルをしながら散歩道を駆けていった。子供の小さな背中に、木漏れ日が細かな光と影を散らす。その背中の少し先では、〝八日市自然公園〟と記された巨大な石碑が、何かに栓でもするように聳えている。午前の眩い陽光の下に。

海がふくれて

1

岬の先端に聳える灯台から、海岸の南端へと繋がる水平線を、指先でゆっくりと辿る。それは琴子の、幼い頃からの癖だった。今日までに、何百、何千と、指先でその線を辿った。水平線の中心に指先が差し掛かる頃、海は僅かにふくらみを帯びていることに気づいた。

　初めから決めていたことなのに、まるで今思い立ったかのように、琴子は補助バッグから硝子瓶を取り出した。振りかぶって、海へ向かって思い切り放る。硝子瓶は夏空の中で放物線を描き、中空で一瞬、真昼の陽光を眩《まばゆ》く弾いたのちに、水平線を越えて海の藍へと消えた。

「何を投げたの？」

　少し先を歩いていた颯汰が、振り返って訊く。琴子は答えなかった。硝子瓶には、手紙が入っている。十七歳にもなって、そんなことをする自分が恥ずかしかった。颯汰は砂浜に落ちていたマーブル模様の巻貝を拾い、琴子と同じように海へ放った。そういう戯れだと、彼は理解したようだ。巻貝は小さな水沫《みなわ》をあげ、同じように海へと消えた。

颯汰は琴子の幼馴染だった。琴子の家から、海岸道路を歩いて一分の場所に住んでいる。しかし今では、幼馴染とは呼べないかもしれない。二人は、初夏から交際を始めていた。学校帰りに、面と向かって、ことちゃんのこと好きだから付き合って下さい、と颯汰に言われ、琴子は一瞬にして恋に落ちた。人はもっと長い時間をかけて、誰かを好きになるものだと思っていた。だから自分の心が分からなくなった。颯汰に一目惚れをしたのかもしれない。しかし幼少期から殆ど毎日顔を合わせているのに、ある日に突然、一目惚れをするというのも、おかしなことだった。

二人はK浜を歩き、灯台へと向かっていた。K浜は南北に約一キロの海岸線で、白く豊かな砂浜が広がっている。波が高く引きが強いので、遊泳禁止になっており、夏場でも人気《ひとけ》は少ない。灯台はK浜の緩やかに湾曲する海岸線の端に聳えており、近頃の二人の逢瀬の場になっていた。白亜の洋式灯台で、塔高は二十メートル程だろうか——、七つの石段を登った先に、入口の鉄扉がある。"ILLUMINATED 1st April 10 1890" 鉄扉に記されたその英字が確かならば、この灯台は百年以上前に、最初の光が灯されたことになる。なぜ英字で記されているのかは分からない。スコットランド人の技師がこの灯台の設計をしたからだよ、と颯汰は適当なことを述べていた。

扉は三桁のダイヤル式南京錠で施錠されている。解錠の番号を、颯汰は知っていた。呆れたことに、どうにかして灯台内へ入ろうと、一から順番に番号を試していったのだ。毎日一時間、ダイヤルと格闘し、三日目にして解錠できたという。

灯台内へ入ると、鉄製の螺旋階段が天井へ続いている。二人は螺旋階段を途中まで登った所にある、ちょっとした踊り場で、菓子を食べたり、くだらない話をしたり、身を寄せ合ったりする。いつか琴子は、颯汰に胸を触られた。琴子は彼の腕を遮り、やんわりと拒否を示した。すると颯汰はバツが悪そうに、視線を左右に動かしたあとに、身を引いて、黙りこくってしまった。颯汰には悪いが、彼のその一連の仕草が可愛らしかった。それで琴子は、再び颯汰にそっと身体を寄せた。

ときに頂上の、灯室とも灯ろうとも呼ばれる小部屋へ向かうこともある。灯室は玻璃板と呼ばれる硝子窓でぐるりと囲まれた一室で、部屋の中央には灯台の命でもある、フレネルレンズが置かれている。日没後に、このレンズに眩い光が灯り、ゆっくりと廻転し、玻璃板の向こうの世界を照らすのだ。その白い灯光を、琴子は幼い頃に見た記憶がある。でもそれは、自分の思い違いに過ぎない。琴子が生まれる数日前に、この灯台は廃灯になっていた。だからこの灯台の光を、自分が見られるはずがないのだ。

その日も、螺旋階段の踊り場で菓子を食べていると、颯汰はこちらへ身を寄せてきた。颯汰は、女子である自分の身体に興味があるようだった。でも今日は、実はあまり颯汰と引っ付いていたくない。下腹部が痛み、身体は微熱を持っている。琴子は生理が重い。痛みで殆ど動けない日すらある。痛みは波のように訪れる。してみると、この痛みは海がもたらしていると錯覚する。でもそれは思い違いではないかもしれない。事実、琴子が最も痛みを感じる時間帯は、いつも満潮と重なる。

これもやはり痛みの為だろうか、右の乳房を触ろうとしてきた颯汰を、強く押し退けてしまった。颯汰は螺旋階段の手摺りに、後頭部をぶつけた。鈍い音が、鉄柱を伝わって天井まで響いた。その後、ちょっとした口論になった。颯汰からしてみれば、琴子が不機嫌な理由が理解できない。そのうちに颯汰は、一人でずんずんと階段を降り、灯台から出て行ってしまった。琴子は彼の幼さに辟易しながらも、ポーチから鎮痛剤を取り出した。薬を飲み、手摺りに寄り掛かる内に、うつらうつらとし始めた。琴子は生理期に、堪えられない眠気を催すことがよくある。

どれくらいの時間が過ぎただろう――、階下から人の声が聞こえ、琴子は目を覚ました。颯汰が戻ってきたのかと思ったが、しかし大人二人分の声だった。琴子は慌てて階段を登り、灯室へと身を隠した。彼らの掲げた懐中電灯の鋭い光が、薄闇を裂いていく。市職員だろうか、海上保安官だろうか、それとも海に遊びにきた若者だろうか――、海辺の人気の無い公園で、若い女性が男に乱暴されたという話を思い出し、琴子は身体を強ばらせた。

二人の男は再び懐中電灯で辺りを照らし、何か一言二言喋り、戸外へと出て行った。琴子はその場にへたり込んだ。暫く様子を見たのち、階段を降りて出口へと向かう。そこで青ざめてしまった。ドアノブを引いてみると、鍵が掛かっている。外側から、南京錠で施錠されたのだ。

琴子は何度か強くドアを引いてみるが、ガチガチと金属音が響くばかりだ。慌てて辺りを見回す。灯台の上部には窓があるが、梯子もなしに登れる高さではない。灯室から窓外へ出られるが、そこから地面までは十五メートルはあり、降りられる高さではない。その頃に、再び琴子の下腹部は痛み出した。満潮が近い。つまりは海が灯台に近づいていた。日が傾き始め、辺りから明るみが消えていく。塔壁に反響した波音が四方から聞こえ、海の内部に閉じ込められた感覚に陥る。琴子は泣き出してしまいそうになり、颯汰にメールを送ろうと、スマホを取り出す。でも喧嘩をしたばかりで、彼に助けを求めるのも癪だった。そうこうしている内に、再び急激な怠さと睡魔がやってきて、螺旋階段の手摺りにもたれ掛かるうちに、浅い眠りへと落ちていった。

誰かに肩を揺り動かされて、琴子は目を覚ました。重い瞼を持ち上げると、目の前に颯汰の顔があった。それで琴子は、思わず彼に抱きついた。颯汰からは、海の匂いがした。潮と汗の混じったような匂い。その匂いに包まれると、琴子は不思議と安堵し、目頭さえ熱くなった。

話を聞くとこうだった。八時を過ぎても帰宅しない琴子を心配して、母が颯汰の家へ電話をし、颯汰が慌てて灯台を訪れてみると、入口の鍵が閉まっている。まさかと思って中へ入り、スマホの明かりで辺りを照らすと、その白光の中に、螺旋階段の手摺りに寄り掛かって寝息を立てている、琴子の姿を見つけたのだった。

颯汰は琴子をおんぶしようと屈み込んだ。鎮痛剤が効いたのか、もう下腹部の痛みは引いていた。おんぶの代わりに、琴子は手を取って貰った。戸外へ出ると、海辺にはもう夜が訪れている。二人は月明かりの砂浜を、手を繋いだまま歩いた。琴子は颯汰の横顔を、そっと見上げて言う。

「今日はね、女の子の日だったの」

「女の子の日？」

「女の子はね、一ヶ月に一回、血が出るの。その日はね、感情の起伏が激しくなって、些細なことでも苛々してしまうの、ごめんね」

「なんだ、生理だったのか。言ってくれればいいのに」

それから二人は、家へ着くまでの間に、門限を守らなかった言い訳を考えねばならなかった。


母にはちょっとした注意を受けて、この件は終わった。街の本屋で、立ち読みに夢中になって、気がついたら時間が過ぎていた、ということにした。その夜、寝床に入った頃に、颯汰からメールが届いた。就寝前に何通かメールの往復をするのが、二人の日課になっていた。

交際を始めてから、二人はＬＩＮＥではなく、メールでやり取りをしている。会話調の単語でやり取りをしていると、琴子はときどき颯汰が何を考えているのか分からなくなる。メールだと、短いとはいえ文章になるので、自分の考えも整理しやすい。誤解を招くようなことを伝えないで済む。それまで自分は大雑把な性格だと思っていたが、颯汰と交際を始めてから、意外に几帳面だと気づいた。琴子はときに、颯汰と手紙でやり取りをしたいとさえ思う。颯汰が自分の為にせっせと文字を書き、自分も颯汰の為にせっせと文字を書く。意外に自分は古風な女子なのかもしれない。

──今日は颯ちゃんに当たってごめんね。──気にしてないから大丈夫だよ。──明日には、体調もよくなっているはずだから。──じゃあもしことちゃんが元気になっていたら、午後に海釣りにでも行こう。そんなやり取りをするうちに、颯汰からのメールは途絶えた。二人とも寝床でメールをしているので、どちらかが眠りに落ちてやり取りは終わるのだ。琴子も枕元にスマホを置いて、瞳を閉じた。海の方角から、波音が響いてくる。その波音を聞くうちに、琴子はあの波間へと消えていく硝子瓶のことを思い出した。

あの小瓶には、父への手紙が入っている。父は腕のいい漁師だった。分厚い胸板に、太い二の腕──、琴子は未だに、父の腕に抱かれて、たかいたかいをされたときを覚えている。父の大きな掌が、自分の両方の腋の下へ入り、ぐいと持ち上げられる。あのとき琴子は、自分の身体が持ち上がったのではなく、大地が持ち上がったのだと感じた。父の逞しい腕が大地を持ち上げ、その分だけ自分の視界が高くなったのだ。一日にマルボロを一箱は吸うせいか、父は掠れた声をしていた。その掠れた声のままに猫撫で声で、たかいたかいと、幼い琴子をあやした。琴子は青い空を見上げることもあれば、父の顔を見下ろすこともあった。鬚を剃るのが下手なのか、父は顎下によく生傷をこさえていた。

九年前の天災は、太平洋に面したこの小さな港町にも、少なからず被害をもたらした。いくつかの建物が全壊し、いくつかの建物が半壊し、何人かの死者と、多数の負傷者が出た。父はあの日に、海で行方不明になった。一家は海辺に住んでいるゆえ、あの長く不気味な揺れの後、すぐに高台へ避難を始めた。父は琴子の手を握り、一緒に坂道を登った。母と祖父は、二人の少し先を歩いていた。父が船を気にしていることは、子供ながらにも分かった。家を出るさいに、祖父と口論していたし、坂道を登りながらも、何度も振り返っては漁港の方角を眺めていた。次の瞬間にも、父は坂道を下り、海へと駆けてしまうかもしれない。でも幼い琴子は、父を引き留めるだけの言葉を持たなかった。ただ父の手を、強く握り返すことしかできない。

坂道の中ほどへ差し掛かった頃、父は急に足を止めた。琴子は不安げに父を見上げたが、父は琴子を見てはいなかった。父の右手は、もう琴子の左手から離れていた。今まで温かく湿っていた場所が、三月の大気で急速に冷えていく。父の逞しい背中は、次第に坂道の下へと遠のいていった。それが父を見た、最後の姿だった。

あの日、父は〝沖だし〟をしようとしていた。地震後には、大波が訪れる前に、船を安定した沖へと出す。漁師にとって、船は道具ではない。戦友であり、相棒であり、自身の魂の象徴でもあった。そして船を守る為の沖だしは、この地域の先人からの教えでもあった。しかし先人である祖父は、沖だしに反対した。祖父は未だ静かな海に対して、静かすぎるあの青いふくらみに対して、ただならぬ予感めいたものを感じていた。いずれにせよ沖だしは、判断を誤れば大波を受けて転覆する危険な行為だった。

結果として父の船は、翌日に沖合約五キロの地点で、無傷の状態で発見された。しかし船内は無人だった。

琴子にはあの漂流瓶が、父のもとに届くという、根拠のない確信があった。父は海で行方不明になったのだから、同じように海で行方不明になった漂流瓶は、きっと同じ場所に行き着くだろう。琴子は手紙に、自分が高校に進学したこと、母がコンビニでパートをしていること、祖父が漁師を引退したことなどを記した。颯汰については、迷った末に、当たり障りのないことを記した。父がやきもちを妬くかもしれない。手紙の最後のほうに、返事を待っています、と記した。

父からの返事は、どういう形で届くだろう。あるいは、父の手紙が収められた瓶が、海岸の砂浜に漂着するのだろうか——、そんなことを考えるうちに、波音は自分から遠のいていき、琴子は深い眠りへと落ちていった。

2

翌日から、長い夏期休暇が始まった。琴子は海浜公園の芝生広場でラジオ体操に参加し、その後に朝食の目玉焼きとパンを食べ、一階の長廊下に机を出して、さっそく夏の宿題を始めた。勉強は一向に捗らなかった。夏休みはまだ、三十日以上残されている。別に今日、宿題を進めなくとも、一向に問題はない、そう思い、縁側でサンダルを履いて、散策に出かけた。幼い頃から、琴子は海辺の漂着物を拾うことが好きだった。海辺には、実に様々なものが落ちている。水彩絵具で彩色したかの貝殻、延縄《はえなわ》漁で使われた硝子製の浮き、フェルトの質感がする海鳥の風切、踵を擦《こす》るのにも使える丸い軽石、ハングル文字が記された翡翠色のライター。

琴子はその日、砂浜で珍しい漂着物を拾った。直径十センチほどの円形の白い骨から、丁字に棒状の骨が伸びている。それがイルカの脊椎骨であることを、琴子は知っていた。この円形の白い骨がいくつも連なり、丁字の骨部分に筋肉や脂肪が付いて、紡錘状のイルカの形になるのだ。琴子はふいに、この骨の持ち主であったイルカの、生きていたときの姿を想像する。琴子の想像のイルカは、あの弧を描くジャンプを繰り返しながら、太平洋の海原を真っ直ぐに進んでいた。

と、海からの潮風が頬を撫で、琴子の髪をさらった。琴子は昨年の夏休み、母に怒られた腹いせに、髪を染めてみたことがある。元の黒髪の色素のせいか、琴子の髪は赤毛に染まった。自分では悪くないと思ったが、祖父にも颯汰にも不評だったので、結局はすぐに黒髪に戻した。それ以来、もう髪を染めようという気にはならない。

化粧は少し覚えた。と言っても、下地にファンデ、マスカラを少し塗るくらいだ。こちらは祖父にも颯汰にも好評だった。あと三年もすれば、小柳ルミ子になる、と祖父は言った。あと三年経つと、自分は二十歳になる。二十歳の自分というのが、琴子には上手く想像できない。二十歳の颯汰というのも、やはり上手く想像できない。

海と平行して歩くと、小さな砂丘が見えてくる。砂丘の麓には、一艘の手漕ぎボートがある。随分前に海辺に漂着して、そのまま放置されているのだ。どこから流れてきたのか、所有者は誰なのか、全くの不明だった。何より手漕ぎボートなのに、肝心のオールが見当たらない。満潮時に波は、この手漕ぎボートの数メートル手前まで訪れる。琴子にしてみれば、潮位を把握するのに一役買っていた。幼い頃、といっても、六、七年前だが、海辺で遊ぶ最中、颯汰がたまにはかくれんぼをしようと言いだした。ジャンケンをして、琴子が鬼になった。海の側《がわ》を向いて、手の平で両目を覆って、六十を数える。

数え終えて振り返ると、砂浜には左前方へと続く足跡があった。その足跡は、真っ直ぐに手漕ぎボートへ続いていた。足跡を辿り、ボートの中を覗くと、案の定、船尾板の上で、背中を丸めている颯汰の姿を見つけた。それで、海辺はかくれんぼに向かないという結論に達したのだった。

手漕ぎボートは、今日も同じように砂丘の麓にある。船縁を、数ミリの透明な砂蟹が這っている。蟹は琴子に見られていることに気づくと、歩くのを止め、威嚇の姿勢を取った。そのセルロイドの玩具のような蟹は、間近でみると、確かに二つに割れた透明な爪を掲げている。蟹は琴子に敵意がないと分かると、爪を下ろし、気のなさそうに船首へ向かって這っていく。琴子は自身の手元へ視線を落とし、ふと気づく。イルカの脊椎骨は、港を意味する、船の錨の形の地図記号に似ていた。

午後――、釣り竿とバケツを持って、颯汰と防波堤へ向かった。琴子が指先で水平線を辿るときの、終点となる場所だ。琴子の家には、祖父や父の使っていた釣り竿が何本も残されている。幼い頃は、よく祖父と釣りをしたので、竿の使い方を琴子は知っていた。二人は防波堤の突端に向かって、足を進める。風はなく、波は穏やかだった。

琴子はさっそく仕掛けの準備をする。解凍したアミエビを小さな餌籠に詰め、釣り糸の一番下に吊るす。この籠を撒餌《まきえ》にして魚を集め、擬餌針に食いつかせる。針は複数付いているので、一度に二匹、三匹と釣れることもある。颯汰はアミエビを模した桃色の擬餌針をしげしげと見つめながら、

「つまり魚に嘘をついて釣り上げるわけだね」

それを聞いて、琴子は苦笑して、

「そんなことを言ったら、浮き釣りだって魚に嘘をついてるよ」

二人は背中合わせで釣り糸を垂らした。半時で琴子はアジを二匹釣った。颯汰は一匹も釣れない。次の半時で、琴子は再びアジを二匹釣った。やはり颯汰の釣り竿はうんともすんともいわない。颯汰の釣り糸の様子を見ると、海中で餌籠の中身が流されていた。颯汰の側の海面には、沖へ向かって藍色の線が伸びている。どうも離岸流ができているらしい。

今度は二人並んで、岬の灯台を眺めながら釣り糸を垂らした。その後も琴子はアジを一匹釣り上げ、次にはカサゴまで釣ったが、やはり颯汰の釣り竿は反応しない。次第に陽が傾き、二人の影がコンクリートに伸び始める。満潮が近づき、潮位も増していた。颯汰のバケツにアジを三匹分けてあげて、防波堤を引き返した。

防波堤の入口では、ポロシャツ姿の男性が、二人のことを待っていた。市役所の職員だという。彼は防波堤脇の錆びた看板を、指でこんこん叩きながら、

「君たち、防波堤に入っちゃいけないって書いてあるでしょうに」

台風でも来ない限り、この防波堤が波に飲まれることはない。琴子は不服だったが、颯汰は頭を下げて平謝りしていた。

と、市職員は二人のバケツを覗き込んで、へぇ、若いのに六匹も釣るとは大したもんだねぇ、と感心していた。でも防波堤には入っちゃダメだからね、そう言い残して、海岸道路に停めてある軽自動車へ戻っていった。

満潮までまだ時間があるから磯に寄ろうと、颯汰は言う。琴子が、バケツが重いから嫌だと言うと、颯汰は琴子の分のバケツも持った。颯汰はバケツを両手に、砂浜をずんずんと歩いて行く。磯の岩場にはタイドプールと呼ばれる、海水溜まりができる。満潮時の海水が、岩場の窪みに残されていくのだ。颯汰はバケツを砂浜に置くと、その海水溜まりを一つ一つ覗いていく。そして途中で立ち止まり、腕まくりをすると、ある海水溜まりの中へ飛び込んだ。琴子が呆気に取られていると、颯汰は海水溜まりで暫く格闘した末に、岩場へと這い上がってきた。満潮時に逃げ遅れたメダイを、素手で捕まえてきたのだった。

玄関戸を開けると、母と祖父が二人を出迎えた。バケツにはアジが五匹に、カサゴが一匹、メダイが一匹――、こりゃ大漁だねぇ、と祖父は感心した。夕食を作るから一緒に食べていきなさいよ、母が颯汰に言う。颯汰は少し迷っていたが、結局は玄関へと上がった。ことも手伝いなさいと母が言うので、琴子も台所に立った。漁師の娘なので、琴子も魚を下ろすことくらいできる。母子が料理をする間、颯汰は居間で背中を丸めてテレビを観ていた。ときに祖父に話しかけられては、気まずそうに苦笑している。

祖父は父の大平丸が廃船になったのちも、仲間の船に乗り、しばらくは漁師を続けていた。父が存命の頃は生涯現役を掲げていたが、やはり歳には勝てなかったようだ。数年前、何人かまとまって高齢の漁師が引退した折、祖父もまた身を引いた。今では馴染みの漁師仲間との、週末のゲートボールが愉しみになっている。

食卓には、白飯にメダイの味噌汁、アジフライに千切りキャベツ、あとは茄子と胡瓜の漬物が並べられた。祖父が瓶ビールを持ってきて、颯ちゃんも一杯呑むかね、などと言い、母に叱られていた。それでも祖父は、大漁の日に男は酒を呑むもんだ、と言い張り、颯汰のグラスにビールを注ぐ。颯汰は舐める程度のビールを呑み、また苦笑した。

祖父は、レモンと醤油を垂らしたアジフライを頰ばり、こりゃ脂の乗った良いアジだねぇ、と舌鼓を打った。アジは全部ことちゃんが釣ったんですよ、と颯汰が教える。浩平の娘だけあって、やっぱり釣りの素質がある、と祖父は琴子を褒めた。琴子はふと、いつも父が使っていた唐草模様の座布団に、颯汰が座っていることに気づいた。

「颯ちゃんがもし漁師になりたかったら、いつでも言ってくれ。わしが一から教えてやるから」

それを聞くと颯汰は、

「僕は漁師には向きません。漁師には海を読む感性が必要だと思います。僕はそうした感性に乏しいようです。僕は将来、できれば大手の、一般企業に就職して、会社員になりたいと思います」

こりゃ大した息子さんだ、と祖父は逆に感心していた。ことちゃんは将来、何になりたいんだい、少し酔っているらしい祖父が、今度は琴子に訊く。琴子は真剣に考えた末に、

「お嫁さんになりたい」

「お嫁さん？」

と訊き返したのは、颯汰だった。

「そう、お嫁さん」

琴子がもう一度言うと、颯汰は低い声で、うんうんと頷いたのちに、ビールを呑んだ。


夕食を終え、半時ほど皆でテレビを観たのちに、颯汰は帰り支度をした。その頃には、祖父は座布団を枕にして鼾をかいていた。玄関先まで、颯汰を見送る。でも結局、海岸道路までついていく。

「じゃあ、また明日」

そう言われてしまい、海岸道路の手前で颯汰を見送る。颯汰は淡い紫色に染まる海岸道路を、一人歩いて行った。道路右手の、ガードレールの向こうでは、水平線がなだらかなふくらみを帯

びていた。波音も殆ど聞こえないほどに、静かな夜の海だった。

その晩、琴子は寝床に就いたのちに、ぼんやりと天井の薄闇を眺めながら、颯汰が〝潮の流れを読む〟ではなく〝海を読む〟と言ったことを思い出していた。颯汰は言葉が足らずに、そう言っただけだろう。でも〝海を読む〟というのは、父の言葉と似ていた。

海と話してはいけない、父はよく語っていた。船を操っていると、ときに海と自分が一致する。波や潮が、自分の思い通りに流れていく。自身の操舵に、海が応えていると錯覚する。俺は海と対話している、そう感じることがある。でもそれは驕りだ。海は海で、人は人だ。海と話してしまうと、あるいは足を取られることになる。

自分が手放しで海を好きになれないのは、そうした海の厳しさを、幼い頃に父から聞かされていたからかもしれない。あるいは父は、海の声に、耳を傾けてしまったのだろうか——。

明朝、畳部屋で腹這いになって雑誌を読んでいると、母が障子の端から顔を出して言う。凪読み様にお裾分けを持っていっておやり。琴子が釣った魚で、煮付けを作ったらしい。

凪読み様は、天気を予測するまじない師だ。その昔、漁師は凪読み様の助言を得て漁をしていた。凪読み様が大時化を警告するときは、決して海に出なかったという。今では気象予報があり、皆がスマホを持っている時代なので、凪読み様はその職を引退した。それでも年配の人は、今も凪読み様に畏敬の念を持って接する。しかし琴子にとっては、近所に住む風変わりな婆様に過ぎない。

　琴子はラップをした深皿を持って、朝の眩い陽光を背に、家の裏手から続く丸太階段を登った。婆様は傾斜地に建つ平屋に、一人で住んでいる。平屋の呼鈴は壊れている。玄関の硝子戸を開けて婆様を呼ぶ。麻色のほっかむりをした婆様が、のっしりのっしりとやってくる。お裾分けの煮付けを差し出すと、

「ヤクルトあるから、飲んでおいき」

　家にいくと、婆様はいつもヤクルトをくれる。琴子はもう高校生なので、ヤクルトを貰ってもそれほど嬉しくはない。しかし婆様の中で、きっと自分は永遠に子供なのだ。琴子は縁側に座って、婆様から貰ったヤクルトのアルミ蓋を、前歯で開ける。婆様は琴子の隣に立って、海の方角を眺めながら、最近はめっきり風の声が聞こえないねぇ、と洩らしていた。

「風の声?」

「漁師は海の声を聞くんだろうが、あたしゃ風の声を聞くんだよ。春先あたりから、風の声がてんで聞こえなくなってねぇ。あたしの耳が遠くなったのか、それとも風のほうが変わっちまったのか」

　なんだかどこかで聞いたような文言だと思いつつ、琴子はヤクルトを一息で飲み干した。

　午後――、いつものように颯汰と海辺を訪れる。渚には、遠方からやってきたらしい若者の姿があった。遊泳禁止なので、彼らもまた、寄せては返す波を相手に戯れていた。琴子は波打ち際

に立って、指先を灯台へ置く。水平線を半分まで辿ったところで、足下に小さな波が訪れ、琴子の素足を濡らしていった。

と、颯汰がクリーム色の巻貝を片手に、琴子のもとへ駈けてきて、貝殻の記憶を聞いてみる？少年の顔で言う。颯汰に促されるままに、その巻貝を耳に当てる。波音を均等にしたような一定の響きが、巻貝の中から聞こえてくる。それが、自分の耳の中の、蝸牛《かぎゅう》の体液が揺れて鼓膜に響いているだけのことを、琴子は知っている。

「貝殻は、海に棲んでいた頃を覚えているんだよ。だから貝殻を耳に当てると、海の記憶が聞こえてくるんだよ。録音された音声を再生するみたいに」

颯汰に言われると、本当にそうかもしれないと思えてくる。琴子は波打ち際に立ち尽くして、暫く貝殻の海の記憶に耳を傾けていた。

と、脹脛《ふくらはぎ》にぴりっとした電気が走った。気のせいかとも思ったが、海から上がると確かにその場所が腫れていた。颯汰が患部を見せてというので、琴子は左脚を外へ投げだすような格好で、砂浜に座った。颯汰がその素足の脹脛に、鼻が付くほどにまで顔を近づける。琴子は咄嗟に颯汰から逃れようと脚を引いたが、動かないで、と叱責される。腫れの中に、透明な刺胞が残っているという。颯汰は指先にハンカチを巻き付け、

「抜いてやるから、じっとしていて」

颯汰は琴子の足首を左手でぐっと力強く摑み、一方で右手は慎重に、その琴子には見えていな

い透明な刺胞とやらを摘んでいる。琴子は途中まで真剣な眼差しの颯汰の横顔を見ていたが、逃げ出したい気持ちにもなってきて、そっぽを向いて、何食わぬ顔で、斜め上の青空を眺めていた。颯汰の右手がすっと脹脛から離れ、同時に足首も解放された。

「綺麗に抜けたよ。あとは海水で洗って、キンカンでも塗っとこう」

「海水で？」

「海月《クラゲ》に刺されたときは、海水で洗うんだよ」

その後、颯汰の家の玄関でキンカンを塗った。腫れも小さいし、この時期だとミズクラゲだろうかね、と颯汰の母は言った。痒みも痛みも無いが、軽い倦怠感があり、身体が微熱を持っていた。家に帰って安静にしています、そう言い残して、琴子は颯汰の家を出た。海岸道路の向こうの砂浜では、観光客が未だ楽しげに遊んでいた。外から来た人間ではなく、海と一緒に育ってきた自分が海月に刺されるだなんて、皮肉なものだ。

「あなたはわたしのことが嫌いなんでしょう？」

琴子は思わず洩らしたが、海から聞こえてくるのは、波音ばかりだった。


夕方から天候が崩れ、夜更けには大荒れになった。琴子は布団の中で風の音を聞いていたが、余りの轟音に外の様子が気になった。雨戸を少し開けて、その隙間から戸外を眺める。目の前の夜闇の中を、大粒の雨が斜めに過ぎていく。風の音とは別に、確かに波の音も聞こえる。暴風と波浪の響きが重なり合い、それは巨大な生物の野太い呻き声にも聞こえる。潮を含んだような雨粒が、頬を濡らす。琴子は雨戸と窓を閉め、濡れた頬を拭うと、再び布団に潜り込んだ。

翌日、嵐の過ぎた海辺の町には、紺碧の夏空が広がっていた。しかし町には、確かに嵐の痕跡が残されていた。道路には折れた樹木の枝が横たわり、ポリバケツや植木鉢も転がっている。どこから飛ばされてきたのか、ホッピーと書かれた看板まで落ちていた。一階に降りると、いつものように、居室の一角に洗面器が置いてあった。琴子の家は二階建てだが、どうしたわけかときに一階に雨洩りがするのだ。一晩かけて、その洗面器が水で一杯になっていた。

畳の上に腹這いになって、洗面器に溜まった水の表面を、指先でとんとんと弾いてみる。指に弾かれた水面には、緩やかに波紋が広がる。どんなに優しく弾いても、波は洗面器の縁にまで達する。幼い頃に見た、地球平面説の絵を思い出す。半球体の地球の縁から、絶えず海の水が溢れている絵――、琴子は暫く、その両腕の中に収まるほどの海に、波紋を起こして遊んでいた。と、慌ただしい足音が聞こえたかと思うと、颯汰が縁側へとやってきて、

「海岸にブロブが上がったぞ」

何のことだか分からなかったが、颯汰に促されるままに家から連れ出された。海岸には人集り《ひとだか》ができていた。その人の群れの中央に、何か灰色の巨大な塊が見え隠れしている。そして砂の傾斜を降りる頃、潮風の中に、腐臭が混じっていることに気づいた。

海岸には、五メートルにも及ぶ巨大な肉塊が打ち上げられていた。腐敗が進んでおり、それが

何であったのか、生物であったのかも分からないほどに、形が崩れている。地元の新聞記者らしい男が、頻りにカメラのシャッターを押し、フラッシュの白い光が、肉塊の表面を明るく照らし出す。その肉の表面には、人間の皮膚のような、肌理《きめ》や毛穴があるようにも覗《うかが》えた。海辺にはときに、こうした得体の知れない物が漂着する。

「これは何の屍体？」

人集りの中に居た一人の少年が、新聞記者を見上げて無邪気に問う。やや顔を紅潮させている記者が、興奮気味に答える。

「鯨か、蛸か、ダイオウイカか、はたまた密かに海に棲む、人知の及ばぬ生物か」

3

土曜日の夕暮れ、颯汰がキナコを連れて家にやってきた。キナコは柴犬の雌だった。子犬の頃に、この海辺の町へ迷い込んできて、保健所に連れていかれそうなところを颯汰が保護したのだ。里親を探すつもりだったが、世話するうちに懐かれてしまい、すると手放せなくなって、颯汰の家の犬になった。子犬の頃はいつも不安げな瞳をしていたが、成犬になると賢そうな凛々しい瞳になった。土曜日の夕方に、二人でキナコの散歩をすることが、いつの間にか習慣になっていた。

夕暮れの海岸道路を、キナコを連れて歩く。この時間帯は、海と空と道路とが同じ淡い紫色に染まる。その淡い紫の中を、キナコが颯汰の持つリードを引いて、先頭に立って歩く。豊かな茶色い尻尾が、左右に揺れている。途中で道路を折れ、海浜公園へ続く傾斜道を登る。公園内の西側には、ブランコと滑り台と鉄棒がある。キナコを鉄柱に繋いで、少しばかり遊具で遊んだ。琴子はブランコが好きだった。両手で鎖を握って、立ちこぎをする。ブランコの前後の揺れに合わせて、丘の下の海が見え隠れする。颯汰は鉄棒に寄り掛かって、その海の方角を眺めている。

ブランコに飽きると、颯汰の一つ隣の鉄棒で、逆上がりなどしてみる。三回も回ると息が切れた上に頭に血が上った。颯汰は、キナコがいる前では、自分に手を出してこない。犬に見られても差し支えないと、琴子は思う。犬が誰に告げ口するわけでもない。でも颯汰は、キナコは家族だから、と言う。家族が見ている前で、そういうことをするのはおかしいよ。キナコは颯汰の隣で、その濡れたような円らな瞳で、ときに彼を見上げている。

海浜公園からは、琴子がリードを持って歩く。キナコはリードを引っ張って歩こうとはしない。琴子のすぐ横について、琴子の歩調に合わせて歩く。海岸へと繋がる傾斜道を降り、海岸道路へ出て五分も歩くと、琴子の家の屋根が見えてくる。一周三十分程の、夜の散歩コースだった。リードを颯汰へと返す。するとキナコは、颯汰を引っ張るようにして歩き始める。颯汰は片手をリードに取られながらも、月明かりの下に笑みを浮かべて、

「じゃあ、また明日」

この土曜の夜の散歩から帰宅すると、琴子は暫く、じっとしていられなくなる。身体が火照るような、下腹が疼くような、妙な感覚に陥る。ベッドに腰掛けても、すぐに立ち上がって、落ち

着き無く部屋の中をうろうろしてしまう。窓の外を見つめて、海岸道路に未だ颯汰の背中が見えないかと探したりする。こういうとき、やはり自分は颯汰に恋をしているのだと思う。でもたんに、身体を動かし足りないだけかもしれない。

翌週――、全校登校日があり、久しぶりに制服姿で颯汰と顔を合わせた。颯汰は半袖の白い開襟シャツに、濃紺のズボン。颯汰の母がアイロン掛けをしているのか、きっちり折り目のついた、清潔なシャツだった。颯汰は、私服よりも学生服のほうが似合うと思う。颯汰は大概、Tシャツにハーフパンツという格好で、私服になると、途端に子供っぽく見えるのだ。

二人でバスに乗り、いつも通り、後ろから二番目の二人がけ席に座る。颯汰は久しぶりの早起きで眠そうだった。瞼が半分落ちて、寝惚け眼になっている。旋毛《つむじ》の横に、寝癖がぴょんと伸びていた。琴子は手の平で撫でて、その寝癖を直そうとする。撫でても撫でても、寝癖は元気に立ち上がってくる。颯汰の髪は、一本一本が黒くて太くて硬い。猫っ毛の反対語で、犬っ毛という言葉はあるのだろうかと思った。頭を撫でられる内に、颯汰は気持ちよさそうに、うたた寝を始めた。颯汰の向こう側の、車窓の向こうでは、朝日が眩い海上を、ウミネコが忙しなく飛び交っていた。

教室で、クラスの皆とも久しぶりに顔を合わせる。登校日ってなんの為にあるんだろうね、先生の給料日って話だよ、八月初めに給料は出ないでしょう、そんな話をしていた。全校集会後に、教室で学級会が開かれた。と言っても、この時期に決めなければならないことは、特にない。担任が夏休みの過ごし方や、受験や進路についての話をしたが、結局は時間が余り、後半は雑談になった。ウナギは新月の夜にグアム島の近くの海山で産卵するのです、と教師は語り、ニョロニョロみたい、と皆は笑った。

その後は掃除をして放課となった。実際なんの為の日なのか、琴子もよく分からなかった。が、この後にちょっとした事件があった。颯汰が後輩の一年生からラブレターを貰ったのだ。颯汰は美術部の幽霊部員だった。四月に、部の活動内容などを教えてあげていた子だという。その後に颯汰はあまり上手くない〝落穂拾い〟の模写をして、再び幽霊部員になった。今どきラブレターだなんて、随分と古風な子だと思った。例のごとく、放課後に体育館前に来て下さいなどと記してあったという。その体育館から戻ってきた颯汰に向かって、

「なんて返事をしたの？」

「もちろん断ったよ。彼女がいるから付き合えないって」

「ふうん。でも颯汰を好きになるなんて風変わりな子だね」

「そうかな？」

「だって、背が高いわけじゃないし、特別イケメンでもないし、勉強ができるわけじゃないし、美術部なんていっても、絵が上手なわけじゃないし――」

と早口で捲し立てながら、まるで自分が嫉妬しているように映っている気がして、琴子は口を

噤んだ。と、背後から、下校中の男子学生の声が聞こえてきた。お、遠藤夫妻が痴話喧嘩してら、と笑っていた。琴子は顔が熱くなり、早歩きで正門へとずんずん進んでいった。しかし困ったことに、結局は颯汰と同じバスに乗るのだった。颯汰は何食わぬ顔で、いつものように、琴子の隣の席に座った。琴子は未だ顔が熱いままだったが、しかし怒っているわけでもなかった。やがて空気の抜ける音がして、ドアが閉まり、バスが動き出し、いくつかの停留所を経て、海岸道路へと出る。

カーブで揺すられたときに、颯汰が自分に身を預けるように寄り掛かってきた。カーブが過ぎたあとも、颯汰は自分に体重を預けている。颯汰の体温を身体の左側に感じる内に、琴子の発熱は温もりに変わってしまった。それにカーブを利用して仲直りしようとする颯汰を、微笑ましく思った。

別に怒ってたわけじゃないよ、そう言おうと思い、颯汰の顔を見ると、彼は子供の顔で、小さな寝息を洩らしていた。

海浜公園のラジオ体操には、毎日三十名ほどが参加している。子供だけではなく、大人やお年寄りの姿もある。朝露に濡れる芝生広場で、皆が朝の体操に励む。〝両脚で跳ぶ運動〟をすると、辺りに夏の緑の匂いが漂う。ラジオ体操には、祖父も参加している。祖父は元漁師だけあって、同年代の老人より足腰が丈夫で、どの運動もてきぱきとこなす。颯汰の姿はない。颯汰は早々に皆勤賞を諦めて、八時過ぎまで寝床にいるのだ。

皆が天へ両手を掲げ、早朝の夏空を仰ぐ形で深呼吸をして、ラジオ体操は終わる。朝の体操後の、妙に頭が冴えた感じが心地よい。帰路、また漂着物でも探そうと、砂浜へと立ち寄る。砂浜では、ラジオ体操帰りらしい三人組の男児が、怪奇現象が起きたと騒いでいた。彼らの足下には、体長三十センチ程の鯉が横たわっている。一人の男児が、琴子を見上げて、声高に言う。

「淡水魚の鯉が、海辺に打ち上がるなんておかしいよ。きっと何か悪いことが起こる前兆だよ」

「そうだね、ちかぢか天変地異でも起きるかもね」

琴子が難しい顔を作って言うと、子供たちは顔を見合わせ、すっかり無言になった。海辺に淡水魚が打ち上がることは、実は珍しくない。何せ、河川と海は繋がっているのだ。ときには内陸の畑のカボチャやトウモロコシ、野栗鼠の歯痕がついたクルミなんてものも海辺に漂着する。そのことを教えてやろうとすると、彼らは海岸道路にいる、別の子供たちに呼ばれて駈けていった。と、彼らと入れ替わるようにして、数羽のウミネコが砂浜へ降りたつ。琴子が鯉から離れると、ウミネコは不意のご馳走へとありついた。

帰宅すると、琴子は未だ冴えた頭のまま、夏期の宿題を進めようと思い、長廊下に机を出した。数学の宿題に手をつける。剰余の定理、因数定理、高次方程式――、頭は冴えているのだが、宿題は遅々として進まず、九時過ぎには飽きた。代わりに再び身体を動かしたくなり、颯汰にメールをした。琴子はときに、キナコを借りて、一緒に海岸道路を走るのだ。

颯汰の家を訪れると、彼は畳部屋で熱心に原稿用紙に向かっていた。読書感想文を書いているという。琴子は〝ジョン万次郎漂流記〟をすでに購入してあるが、未だ目次すらも読んでいない。キナコは琴子の姿を見ると、すぐに散歩だと気づき、尻尾を振って足踏みをした。物置からリードを出して、キナコの赤い首輪に繋ぐ。颯汰が畳部屋から顔を出して、いってらっしゃいと告げる。琴子は颯汰に軽く手を振り、砂利の小道を駈けていく。

一人でキナコの散歩をするときは、海浜公園を抜けるコースではなく、キナコの好きなように走らせる。キナコは行き先が決まっているかのように、真っ直ぐ駈けていく。海岸道路に車の往来はなく、自分とキナコの足音が軽快に響く。その日はキナコに導かれるままに、漁港までやってきた。さすがに息が切れ、係船柱《ビット》に腰を下ろして休憩する。

漁港では、ちょうど水揚げがされていた。この時期だと鰯だろうか、大量の銀色の魚が、大網から流れるように滑り落ちていく。ビニール前掛けにゴム長靴の漁師たちが、忙しなく作業をしている。アスファルトにはウミネコが群がり、おこぼれの魚をつついている。漁師はウミネコを追い払ったりしない。この辺りでウミネコは、福島と呼ばれている。魚群を探し当てるのに、ウミネコが一役買っているのだ。

漁港を抜けると、千人塚と呼ばれる丘があり、その先は河口へと突き当たる。K浜沖から河口までは、漁師から魔の海域と呼ばれていた。黒潮と親潮が重なる海域で、異常潮流が発生しやすい。ときに複数の三角波が重なり、想像できないような波高に達する。漁師はこの巨浪を〝人喰い波〟と呼んで恐れた。町で漁が始まって以来、多くの漁師がこの波に喰われて命を落としたのだ。

祖父もまた漁師になりたての若い時分、この海域で海難事故に遭った。台風の目に入り、凪の静寂の中、イナサゴチと呼ばれる東北東からの冷たい風が吹いてきたかと思うと、突如として海面の至る場所で人喰い波が発生した。風もないままに海がふくれ上がるので、皆は天変地異だと思った。人喰い波は十五メートルにも及び、為す術もなく漁船は転覆し、船員は海へと投げ出された。幸いにも全員が伝馬船で救助されたが、漁船は海の藻屑と化した。砂浜には若い娘が集められた。彼女らは裸になり、冷えた漁師の身体を温めた。

——焚火の焔はいけねぇ、冷えた身体を急激にあっためたら、心臓がびっくりして止まっちまう。

このとき祖父の身体を温めたのが、未だ若い頃の祖母だという。

琴子は正直、これは半分くらい、祖父の作り話だと思っている。沖合で十メートルの巨大イカを仕留めただの、漂流して小笠原諸島で救助されただの、ソ連の漁船にスパイ容疑で拿捕《だほ》されただの、祖父は自分の経験を大袈裟に語る癖がある。そもそも波高十五メートルと言えば、ビル六階分にも及び、いくら異常潮流でも、そんな大波が発生するわけがない。

千人塚を見上げると、慰霊塔が午前の眩い太陽を斜に受けていた。と、キナコにリードを引かれ、琴子は来た道を引き返して海岸道路へと出た。

海沿いの緩やかなカーブの途中に、コンビニがある。一昨年に開店したばかりのコンビニで、母はここでパートをしている。水産加工場に比べると、随分と楽な仕事だと母は語っていた。店内を覗くと、レジ前にエプロンをした母の姿があった。母が手招きするので、キナコをベンチに繋いで、店内に入る。揚げ過ぎたらしいポテトを一パックよこした。

ベンチに座り、海を眺めながら、そのポテトを摘《つま》む。琴子は未だ、自分で働いて賃金を得た経験はない。将来になりたい職業も見当たらない。学期末試験の返却後に個人面談があったが、未だに進学するか就職するかも決められずにいる。もし自分が男子で、父が存命ならば、色々な葛藤の末に、漁師になったかもしれない。

ふいに汽笛が響いてきて、港の方角を見る。八十トンはありそうな船舶が出港するところだった。碧い海に浮かぶ船舶は、ゆっくりと南東へ進んでいく。東南アジア諸島へでも向かう船だろうか。リードに繋がれたキナコは、行儀良くお座りをして、その船舶の行き先をじっと見つめていた。

散歩から戻ると、颯汰は縁側に座って麦茶を飲んでいた。感想文は仕上がったらしい。畳部屋にあがって、作文を読ませて貰う。原稿用紙には颯汰の、乱雑で、癖のある文字が並んでいる。文脈からでないと判別できないような、のたくった平仮名もある。もっと丁寧に書かないと自分にしか読めないよ、琴子が注意すると、颯汰はふてくされたのか、畳の上に寝転がって背伸びをした。

　でも実のところ、琴子は彼の書く文字が好きだった。平仮名の〝ぬ〟の端など、猫の尻尾のような可愛らしい曲線を描いている。その原稿用紙を家に持ち帰って、自分の好きなときに眺めていたいと思う。未だひっくり返ったままの颯汰が、顔だけをこちらに向けて、

「ことちゃんはもう感想文は書いたの？」

「まだ夏休みはたくさん残っているから」

「また去年みたいに、三十一日に泣きながらやることになるよ」

「そんなことない」

　その後、二人は砂浜を散策したのちに、灯台へ向かった。颯汰がいつものように、南京錠の鍵を開ける。先日、ここへきた二人組の男は、海保の職員かもしれない。すでに廃灯から十七年が過ぎている。取り壊しの話もあったが、海辺の町としての景観を維持すべきと住民は反対した。市も住民の意見に賛同したが、海保としては、光を灯さないただの塔など、とっとと撤去したい。岬に灯台がない光景など、琴子には想像もできない。指先で水平線を辿ることもできなくなる。でも景観という理由だけで維持するというのも、やはり難しいだろう。

　二人は螺旋階段を登り、灯室へと向かった。玻璃板の向こうに、太平洋を水平線まで見渡せる。戸外の展望台の手摺りでは、数羽の海鳥が羽繕いをしている。颯汰は先ほど砂浜で拾った、一本

の風切羽を手にしている。羽毛が豊かで、白黒に色分かれしているので、ウミネコの風切だろう。その羽を猫じゃらしのように振って、手摺りの海鳥の気を引こうとしている。数羽の海鳥がこちらへ気づくが、特に気のなさそうに、足で頭を掻いたりしている。玻璃板を通して差し込む陽光が、颯汰の黒目勝ちの瞳に宿っている。

琴子はときどき、颯汰と交際していることがよく分からなくなる。生まれてからずっと幼馴染として過ごしてきて、十七年目に突然に恋人になったのだ。颯汰はなぜ、自分のことを好きになったのだろう。顔は普通だし、胸の大きさも普通で、おまけに頭の出来も普通だ。なんとも平均的な、十人並みの女子だ。学級には、自分より可愛くておしゃれな女子は何人もいる。不思議に思うと、途端に不安にもなってきて、

「颯ちゃんは、わたしのどこが好き？」

と、めんどくさいことを訊いてしまった。琴子は、巷のめんどくさい女子にはなりたくない。

颯汰は二三度の瞬きをして、風切羽を振るのを止めて、

「嘘をつかないところが好き」

「ざんねん、わたしけっこう嘘つきだよ」

実際、あの灯台に閉じ込められた日は母に嘘をついたわけだし、それ以外にも、参考書を買うと言ったお金で漫画を買ったり、寝坊して学校に遅刻したのに体調不良だと言い訳をしたり、小さい嘘はけっこうついている。颯汰は、今度は琴子に向かって風切羽を振りながら、

「でも俺には嘘をつかないでしょう」

確かに、颯汰には嘘をついていない気がする。颯汰についた嘘を探してみるが、小さな嘘も見当たらない。どうして自分は、颯汰には嘘をつかないのだろう――。

「じゃあわたしのこと、どれくらい好き？」

颯汰は苦笑して、

「ことちゃんってめんどくさい女？」

「そうかもしれない」

すると彼は表情に笑みを残したまま、頰の横で風切羽の動きを止めて、陽光の宿った瞳をこちらへ向けて、

「海と同じくらい好き」

4

両手に大きなレジ袋を提げて、母が帰宅した。パート帰りに、市場でイカとホタテとエビを買ってきたという。琴子にカレーを作らせる気らしい。琴子はよく料理をするが、特にシーフードカレーは好評だった。八月の海を眺めていたら、カレーが食べたくなった、と祖父からリクエストがあったという。船上で食べるカレーは格別だと、いつか祖父は語っていた。なぜか分からんが、船で食べるカレーは、異常に旨いんだよ、他の漁師仲間も皆、同じことを言うんだよ、あり

や、五臓六腑に染み渡る旨さだね。船でカレーなんて作れるの？　琴子が訊くと、婆さんが生きていたときは冷凍で、婆さんが死んでからはボンカレーだよ、と笑っていた。

琴子はエプロンをして調理を始めた。フライパンで玉葱を飴色になるまで炒め、手鍋でイカとホタテとエビを茹でる。カレーは夕暮れを前にできあがった。味見をしてみると、我ながらよくできたと思う。少し迷った末に、琴子は颯汰にメールをしてみた。カレーがあるけど、食べにくる？　返事はすぐにあった。じゃあ六時過ぎに、キナコの散歩がてら寄るね。その後に琴子はもう一度、カレーの味見をしてみた。やはり我ながらよくできていると思う。

日が沈んだ頃に、颯汰がキナコを連れてやってきた。庭先の杭に、キナコを繋ぐ。颯汰は前回と同じように、父の座布団に座った。深皿にご飯とカレーを盛って、食卓へ並べる。祖父はさっそくカレーを頬ばりながら、

「やっぱりことの作るカレーが一番旨いな。魚介の出汁がよく効いとる」

それを聞いた颯汰が顔を上げて、

「ことちゃんが作ったんですか？」

「ことの得意料理だからね。それで颯ちゃんに食べさせたかったんだろう」

と、祖父は余計なことを言った。颯汰がこちらを見たので、琴子は慌てて自分の深皿に福神漬をよそった。そこへ飲むヨーグルトを持って居間へやってきた母が、

「颯ちゃんの口には合うかしら」

すると颯汰は、母に笑いかけながら、

「海の味がして、とても旨いですよ」

八時を過ぎた頃に、颯汰は琴子の家を出た。キナコと海浜公園を回って帰ると言う。琴子は自室のベッドの上で、公園に着いた？　とメールをしてみる。すると颯汰からは、公園から見下ろした夜の海の画像が送られてきた。いつか琴子がブランコから見た海よりも、高い場所から撮られている。よく見ると、画像の端に緑色の鉄柵が写っている。滑り台の踊り場の柵だ。一人で滑り台の上に立ち、写真を撮っている颯汰の姿を想像して、笑みがこぼれた。写真を撮ったあとには、きっと滑り台をすべって降りるのだ。少年のように。

その後に琴子はベッドに寝転がって、颯汰は今頃どの辺りを歩いているだろうかと、そのことばかり考えていた。何度か寝返りを打った頃に、――明日は昼ご飯をおごるよ、萬來亭のワンタン麺を食べに行こう、とメールがきた。今日のカレーのお返しだと言う。翌日に颯汰と食べるだろうワンタンを想像していると、夕食後だというのにお腹が鳴った。薄々気づいていたが、颯汰と食事をすると、なぜか消化がいいのだ。琴子は自分の脇腹の肉を摘んでみる。ぽっちゃりとまではいかないが、油断のある肉づきにも思える。体重には気をつけないといけない。

翌朝――、ラジオ体操が終わったのちに、一晩寝かせて味の染みたカレーを、凪読み様に届けた。婆様はいつものように、ヤクルトをくれた。琴子は縁側に座って、前歯でアルミ蓋を開ける。婆様はまた海の方角を眺めて、やっぱりてんで声が聞こえないねぇ、などと洩らしている。

「婆様はどうやって天気を予想するの？」

「風向きや、響きや、匂いや、味や、感情を頼りにするのさ」

「風に味なんてしないよ」

「潮の味がするだろう。潮風の味が、日によって甘かったり辛かったりするのさ」

味に関しては琴子も少し分かるが、しかし風の感情とはなんだろう。婆様によれば、風にも喜怒哀楽があるという。風が喜んでいる日もあれば、風が哀しげな日もある。不思議を扱う職だけあって、婆様の言うことはいつも今一つ理解できない。

「あとは海鳥だね。海鳥は人間には分からない、海の意識を読むことができる。海神様の使いのようなものさ。ことにも、基本を教えといてやるよ。海鳥が高上がりしたら時化、海鳥が水遊びしたら凪、海鳥が天使の輪を作ったら禍事の前兆ってね。ことが凪読みになりたかったら、あたしが一から教えてやるからね」

やはりどこかで聞いた言葉だと思いつつ、琴子はヤクルトを一息に飲み干した。

昼前に、颯汰が自転車に乗って、琴子の家へやってきた。萬來亭は海水浴場のほうにあるので、家からは少し距離がある。二人は正午過ぎの海岸道路を、自転車で走った。防波堤の向こうには水平線まで濃紺の大海が広がり、頬を過ぎていく潮風が心地よい。ときにウミネコの群れが、長閑な鳴き声を残して頭上を横切っていく。二人はカーブの途中で自転車を停め、沿岸の消波ブロックに立ち寄る。

颯汰は消波ブロックの上に立ち、小さな双眼鏡で海を眺めた。水平線の北から南へと、双眼鏡でゆっくりと辿る。その途中で双眼鏡を止めて、暫く何もない海の只中を見つめた。と、颯汰は双眼鏡を琴子に手渡し、その何もない海を指差す。琴子が双眼鏡のレンズを覗くと、二つの円い輪の中に見える小さな海では、二匹のイルカが戯れていた。一匹がもう一匹に、丸味のあるつるつるとした鼻先を擦りつけている。つがいか、親子なのかもしれない。目の前に見えているものだから、耳を澄ませば、イルカの鳴き声が聞こえてきそうな気がした。小鳥の囀りにも似たその鳴き声を、琴子はかつて父の船の甲板で聞いた。

消波ブロックから更に十分ほど自転車を走らせると、海岸道路沿いに〝中華料理　萬來亭〟と記された赤い暖簾の店舗が見えてくる。昭和初期から営業している老舗で、地元ではちょっとした有名店だった。一押しはワンタン麺で、どっしり肉の詰まったワンタンが、どんぶりに四つのっている。さっそくワンタンをするすると頬ばる。厚めの皮に歯を当てると、中から肉汁が溢れてくる。琴子はレンゲで中華スープを啜り、麺を一口二口頬ばる。前を向くと、颯汰はもう四つのワンタンをすべて平らげていた。ワンタンで両頬を膨らませた顔を、こちらに向けている。どうも彼は三角食べができない。学校の給食でも、最初におかずを全部食べてしまい、ご飯と汁物が残るのだ。

約束通り、支払いは颯汰が済ませてくれた。レジのおばさんからミントガムを二枚貰う。おばさんは、なぜか微笑ましげにこちらを眺めていた。店の自慢のワンタンを、綺麗に平らげてくれて嬉しいのだろう。暖簾を潜ると、再び潮風が頬を撫でた。腹が膨れたぶん、帰りは行きよりもゆっくりと、自転車を走らせる。お腹は一杯のはずなのに、琴子は甘い物が食べたくなった。颯汰に向かって、甘いのが食べたい、甘いのが食べたいと、煩く催促していたら、やや呆れたが、結局は根負けしたのか、鯛焼きを奢ってくれるという。

消波ブロックのやや手前にある休憩所の、鯛焼き屋台を訪れる。エプロン姿の小太りの親父が、二つ折りの鉄板を手早くひっくり返している。颯汰は小倉餡、琴子はカスタードクリームを注文する。鯛の腹の膨れ具合からして、餡がたっぷり詰まっている。近くのベンチに座って、さっそく鯛焼きを頬ばる。カスタードの甘さが心地よい。店の親父は、目を細めて、恵比寿顔でこちらを眺めている。自分の焼いた鯛焼きを、旨そうに食べて貰って嬉しいのだろう。

「颯ちゃん、カスタードのほうも食べる？」

琴子は自分の食べかけの鯛焼きを、颯汰へと差し出す。颯汰は鯛焼きに視線を落としはしたが、無言で首を振った。それから自身の小倉餡の鯛焼きを、がつがつと頬ばった。男子は、色んな物を少しずつ食べたいという欲が、あまりないらしい。色んな味を知れたほうが幸せなのに、琴子は思う。

鯛焼きを平らげたのちに、小さな満足感と共に、暫くベンチで一休みする。さほど広くないベンチなので、肩が触れるほどの距離に颯汰はいる。と、琴子はあることに気づいて、

「颯ちゃん、いい匂いがするね」

「いい匂い？」

琴子は颯汰のTシャツの丸首の辺りに鼻先を近づけて、匂いを嗅ぐ。ほのかに乳臭いような、甘い匂い。琴子がそのことを告げると、

「それって、汗臭いだけじゃん」

颯汰は手の平で、琴子の頭を遠ざけた。

「でもいい匂いだよ。さっき食べたカスタードみたいに甘い匂い。眠る前に、ずっとくんくんしていたい匂い」

「ことちゃんて、ときどき変態みたい」

そう言って、颯汰には呆れられた。

鯛焼き屋からの帰路、再び沿岸の消波ブロックへと立ち寄る。颯汰がまた、こちらへ双眼鏡を渡す。先ほどのイルカは、十数匹の群れになっていた。ときに白い腹を見せて海上を跳び、大きな水飛沫があがる。魚の群れでも見つけたのかもしれない。


波音に混じって、羽音が聞こえてきて目が覚めた。颯汰とのランチから帰宅して、畳部屋で横になるうちに、午睡したらしい。瞼を持ち上げると、畳部屋の中空を、蜜蜂が8の字を描いて旋回している。琴子が網戸を半分開けてやると、蜜蜂はどこかよそよそしく、琴子の目の前を横切り、戸外へと飛び立っていった。

台所で麦茶を飲み、自室へ向かう。その途中、仏間で猫背になって、魚網を編んでいる祖父を見かけた。もう使うことのない魚網だが、祖父は呆け防止だと言って、ときに指先を使う作業をする。長い間漁師をしていただけあって、祖父はその骨ばった皺だらけの指を器用に操り、網を編んでいく。祖父は父のことをどう思っているのだろう。自分から見れば父だが、祖父から見ると息子だった。四十歳を過ぎた息子とは言え、行方不明になるというのは、やはり辛いことだろうか。そんなことを考えていると、祖父が、何かもうどうしようもない作業を延々と続けているように見えてきて、琴子はサンダルを履いて戸外へ出た。

海と平行に、午後三時過ぎの砂浜を歩く。特にめぼしい漂着物はなかったが、代わりに手漕ぎボートの船底に、柄杓が一本転がっているのを見つけた。敷板の裏側に落ちており、今までまるで気づかなかった。手にしてみると、底の抜けた柄杓だった。こんな柄杓では、水も汲み出せない。琴子はその底の抜けた柄杓を片手に、凪読み様の平屋を訪れた。この手の不思議に、婆様は詳しい。

婆様は台所で米を研いでいた。琴子に気づくと、前掛けで手を拭い、冷蔵庫からヤクルトを一本取り、縁側へやってきた。琴子は婆様から貰ったヤクルトを半分ほど一息に飲んだのちに、柄杓の話をした。婆様は琴子から柄杓を受け取ると、それをしげしげと眺め、

「はぁ、あのボートに乗ってた漁夫は、舟アマタにでも遭ったのかねぇ」

「舟アマタ——？」

琴子が訊くと、婆様は語り始めた。

満月の夜、とある漁夫が沖合で夜釣りをしていると、辺りに急に霧が出てきて、陸の方角が分からなくなった。その深い霧の海を彷徨っていると、海面から数多《アマタ》の青白い手が伸びてきて、杓を貸せ、杓を貸せ、と呻き声をあげる。舟アマタと呼ばれる、この海域で遭難した漁師の幽霊だった。舟アマタに柄杓を貸してはいけない。柄杓を渡すと、舟アマタはその柄杓で、漁船に海水を入れ始める。漁船を沈め、漁夫を暗い海へ引きずり込み、自分と同じ舟アマタにするのだ。

――漁夫は底を抜いた柄杓を舟アマタへ渡し、なんとか陸へ戻ることができたとさ。

「でも海に幽霊なんて本当にいるの？」

「そりゃこの港の沖合じゃ、何百人もの漁師が死んでるからね。千人塚なんてのも、ちっとも大袈裟なもんじゃない。幽霊の一人や二人出たって不思議じゃないだろう。」

「お父さんも幽霊の一人になったの？」

「めったなこと言うもんじゃないよ」

「じゃあどうして、海から帰ってこなかったの？」

するると婆様は、短い溜息を洩らしたのちに、琴子の頭を撫でて、

「浩平はきっと、補陀落《フダラク》の浄土へ行ったんだよ」

「それってどんなところ？」

「竜宮城のような場所さ。唄にもあるだろう。絵にも描けない、美しさ。そこで幸福に暮らして

いるから、安心なさい」

「でもお父さんが浦島太郎なら、竜宮城から帰ってきたときに、わたしはお婆ちゃんになってい るかも。でも玉手箱を開けたら、お父さんもお爺ちゃんになるから、ちょうどいいかも」

するとお婆様は、珍しく困ったような微笑を浮かべ、再び琴子の頭を撫でた。琴子はヤクルトを片手にしたまま、どこか子供の気分で、婆様に頭を撫でられていた。

その日の夜更け、今度は確かな海からの波音に目を覚ました。寝返りを打って、海とは反対の方向を向くと、戸棚で小さな白い骨が仄白く発光していた。あのイルカの脊椎骨が、月明かりを浴びている。琴子はベッドから下りて、その円形の骨の表面を、指先で撫でる。すると琴子の指も、同じように月明かりに染められる。

あの日、沖だしの最中に父が高波にさらわれたならば、なぜ遺体はあがらなかったのだろう――、溺死した場合、肺が海水で満たされると、浮力を失い死体は沈むと聞いた。沖合の先には、水深八千メートルとも言われる海溝がある。父がその海溝へと、ゆっくりと落ちていく光景を想像する。青い海は次第に日の光を失い、深い藍色へと変化していく。無数のプランクトンが、透明な塵のように父の周囲を舞っている。自分は父に、死んでいて欲しいのかもしれない。生きているのか、死んでいるのか、分からない宙づりの状態で過ごすくらいならば、いっそ死んでいて欲しいのかもしれない。父の死を確かめる為に、あの漂流瓶を放ったのかもしれない。

と、戸外から大きな波音が響いてきて、琴子は思わず骨から指先を離した。離した指をどうしていいか分からず、指先を隠すように右手を軽く握り締める。月の位置が変わり、脊椎骨は次第に薄闇の中へ沈んでいった。

明くる日、ラジオ体操を終えると、琴子は畳部屋で数学の宿題に取り掛かった。カレンダーを見れば八月十日、さすがに宿題を進めないと、本当に三十一日に泣きながらやることになる。馴染みのない数列と半時ほど向き合うが、いまいち集中できず寝転がる。と、畳に横たわっている底の抜けた柄杓に目が留まる。杓をボートに返しておかないと、漁夫が舟アマタになるかもしれない。尤もらしい理由を見つけて問題集を閉じると、杓を片手に家を出た。砂浜には、例の三人組の男児の姿があった。三人ともランドセルを背負っている。彼らは今日が登校日だったようだ。

「君たち南小学校？」

「南の一年生」

「じゃあお姉ちゃんの後輩だね」

「なんでひしゃくを持ってるの？」

「杓を返さないと、舟アマタになっちゃうから」

男児は首を傾げ、琴子はにやりと笑う。あの舟アマタの話を聞かせてやろうと思う。と、男児は思い出したようにこちらを見上げて、

「お姉ちゃん、木箱を開けてよ」

「木箱？」

「遠くから流れてきた木箱」

男児に連れられて海辺を歩くと、砂浜に一辺三十センチほどの木箱が漂着していた。側面に英字が記されているが、擦り減っていて読めない。

「蓋がかたくて開かないんだよ。中には財宝が入ってるかもしれないのに」

木箱を持ち上げてみると、確かに何かが入っている重みがある。琴子は木箱の蓋の部分に、杓の柄を差し込んで隙間を作った。指を入れると、軋みながらも木箱の蓋は簡単に開き、三人の男児は歓声をあげた。皆で木箱の中を覗き込む。

木箱の中には、椰子の葉と、何艘かの木彫りの船が入っていた。フィリピン辺りから流れてきたのだろうか――、男児はそれぞれ気に入った船を手にして、砂浜を駈けていった。琴子も木箱から、一艘の船を手に取る。よく見ると、甲板には船室があり、小さな窓まで彫ってある。自室の棚の、イルカの脊椎骨の隣に飾っておこう。琴子は杓を手漕ぎボートへ返すと、木彫りの船を観察しつつ家へと戻った。

その後はさすがに根を詰めて数学の宿題を進めた。二時間ほど熱心に数列と格闘し、昼時には軽い眩暈を覚えた。そのせいか、昼食の焼きそばを残した。途中で胃がもたれた。祖父には、恋煩い恋煩いなどとからかわれた。その後、畳部屋で横になって、扇風機の風を浴びるうちに午睡してしまった。目を覚ますと、もう日が傾き始めている。琴子は冷蔵庫の前で麦茶を飲むと、眠気を覚まそうと玄関でサンダルを履いた。

ぼんやりと夕暮れの浜辺を歩きながら、十七歳の八月十日について考えてみる。ラジオ体操をして、数学の宿題を進めて、木彫りの船を拾って、焼きそばを半分食べて、昼寝をして、今日が終わろうとしている。他愛のない夏の一日、満たされているようで満たされてないような、海の満ち引きの中間みたいな八月十日――、そんなことを考えながら砂浜を歩くうちに、気づくと颯汰の家の近くまできていた。

せっかくなので、畳部屋を覗いてみる。すると颯汰は畳の上で猫背になって、何やら妙な物を作っていた。アクリル板に竹籤《ひご》が立ててあり、その周りにピンポン球を半分に割った半球体が、三角形を描くように取りつけてある。玩具にも実験器具にも見えた。この器具は、リード線で電卓と繋がっている。琴子に気づいた颯汰が手招きする。縁側から畳部屋に上がり、颯汰の隣に座る。颯汰が団扇でその器具を扇ぐと、半球体がくるくると廻転していく。すると電卓の数字が増えていく。

「自由研究の風力計だよ。ことちゃんはもう何か作った？」

夏期の宿題に、自由研究もあることをすっかり忘れていた。小学生の頃に、琴子は自由研究で砂絵を提出した。厚紙に木工用ボンドで絵を描き、砂を掛け、あとは貝殻やら蟹の足やらを貼りつけておけば、それらしい作品になる。しかし自分はもう高校生なので、さすがに砂絵というわけにはいかない。

颯汰が団扇を渡すので、琴子も同じように扇いでみる。半球体がくるくると廻り、電卓の数字が増えていく。風が数字になるって、なんだか不思議だね、颯汰は言う。風力計なのだから、数字で測定されることは当然だった。でも颯汰に不思議だね、と言われると、琴子もなんだか不思議に思えてくる。琴子が団扇で扇ぐことを止めたあとも、数字はゼロにはならなかった。網戸からの海風に、半球体が少しばかり反応している。その後に二人は、それとなく唇を重ねた。

颯汰の家からの帰路、琴子は自分の唇に指先で触れてみた。そこに未だ、颯汰の唇の柔らかさが残っている気がした。海岸は夕凪を迎えていた。海風と陸風が入れ替わる僅かな間、一帯は無風になる。してみると今頃あの風力計の数字も、ゼロになっているかもしれない。海面には夕日が映されている。茜色のふくらみだった。そして琴子は、なぜか今頃になって空腹を覚えた。

5

盆入りを迎え、海辺のすべての漁師が休暇に入った。盆の期間、漁に出る者はいない。盆中にある漁師が鰯漁に出て大漁に恵まれたが、帰港してみると魚網には大量の茄子が入っていた——、そんな民話が、この海辺の町にも残っている。

琴子の家も、玄関に茄子の牛と胡瓜の馬を供え、迎え火を焚いた。迎えた先祖の中に、祖母はいるだろうが、父がいるかどうかは分からない。父の供養をすれば、父の死を認めたことになる。だから琴子の家では、未だに誰も父に線香をあげられずにいる。

例えば琴子はこんな仮説を立ててみる。父は九年前のあの日、本当は船に乗っていなかった。父には愛人がいて、行方不明という口実を作り、今はどこか遠くの地で、その女と暮らしている。もしそうならば、怒っていないから、連絡の一つでも入れて欲しい。電話がしづらいならば、手紙を書いてくれればいい。紙と鉛筆と切手と封筒、あとは父の意思さえあれば、こちらへ手紙を送ることができるのだ。

午後――、琴子と颯汰はいつものように海辺で戯れていた。素足を足首まで海水に浸して水平線を眺めていると、颯汰が二本の細長い流木を手にしてやってきた。その流木を使い、波打ち際の濡れた砂に絵を描いて遊ぶ。琴子は城の絵を描いた。颯汰は相合い傘の絵など描いている。傘の下に誰の名前を書くのかと思ったが、名前を書く前に次の波が訪れた。波が引くと、絵は消えていた。足下を見ると、描きかけだった城の絵も消えていた。そんな遊びにも飽きて、浜へ上がろうとしたときだった。少し前を歩く颯汰の足跡に、血が滲んでいた。その血液は、新しい波にさらわれて海水に揺らめいた。

「颯ちゃん、足を怪我している」

琴子が言うと、彼はようやく自分の右足の出血に気づいた。すると途端に痛みだしたのか、片脚を引きずった。

ペットボトルの水で砂を洗い流すと、足の裏に、縦に三センチ程の傷ができていた。貝殻で裂いたのだろうか。琴子が絆創膏を持っていた。琴子は白いガーゼの部分が傷口に当たるように、

慎重に絆創膏を貼る。颯汰はくすぐったいと身体を捩ったのちに、

「今年は海月に刺されたり、貝殻で怪我したり、お互いに散々だなぁ」

傷は浅かったので、すぐに治ると思った。しかし翌日には腫れ上がり、水ぶくれができたという。結局は街の外科で診て貰った。飲み薬と塗り薬を処方され、これで様子を見ましょうとのことだった。

「かすり傷だし、すぐによくなるよ」

颯汰は苦笑していたが、しかし足の裏の傷だけに、歩きにくそうだった。


颯汰が怪我をしたので、土曜日の散歩はなくなった。代わりに日曜日の日中に、キナコの散歩を颯汰に頼まれた。琴子は畳部屋でハーフパンツに着替える際、海月に刺された場所を観察してみた。もう他の皮膚と殆ど見分けがつかないが、よく見ると、数ミリの白い線が残っている。その線も、夏休みが終わる頃には消えるだろう。

自分の脚を観察する内に、なんだか脚の形が変わっていることに気づいた。少し前まで棒のような一本足だったのに、肉が付いたように見える。太腿や脹脛に、柔らかくも固くもない、脂肪がついている。夏休みに入って毎日ぐうたら生活をしていたので太ったのだろうか、ワンタン麺のあとに鯛焼きまで食べたのがいけなかったのだろうか、しかし体重計に乗ってみると、あいかわらずの四十八キロだった。肉がついた分の体重は、どこにいったのだろうかと思った。

颯汰の家を訪れると、キナコが尻尾を振って出迎える。勘のいい犬なので、散歩に連れていって貰えると気づいている。颯汰が磨り硝子の窓から顔を出して、いってらっしゃいと告げる。晴天の海岸道路を、キナコと一緒に歩く。盛夏の陽光を浴びるうちに、琴子は走り出したい気持ちになり、リードを引いて海岸道路を駈けた。キナコも尻尾を振って、琴子の後をついてくる。しかし百メートルも駈けると息が上がり、すぐにバテた。肉が付いたせいか、身体が重たい。棒の脚だった頃は、もっと走れたはずだった。ふと、人間の身体能力は生物学的には十五歳でピークを迎える、という生物教師の雑談を思い出した。してみると、自分に体力がなくなったのは老化のせいだろうか。

散歩から戻り、キナコに水とドッグフードを与える。キナコはこのときだけは珍しく犬らしく、餌にがっつく。ゆっくりお食べ、と琴子は笑う。と、背後の磨り硝子の窓が開いて、

「おつかれさん。ことちゃんも餌を食べていく？　カステラがあるけど」

「キナコっていま何歳なんだっけ？」

「もうすぐ八歳だよ」

「長生きできるといいな」

「そうだね」

窓越しにそんなやり取りをして、颯汰と別れた。カステラは気分じゃなかったので断った。その代わりに、海岸道路沿いのタジマ商店で瓶サイダーを買った。サイダーを飲み干して口を拭う

と、ことちゃんもすっかり大人になってきたねぇ、と店番のおばさんは言った。確かに小学生の頃に比べれば、身長は随分と伸びた。瓶を返して、帰路を辿る道すがら、琴子は再び海を眺めた。灯台から防波堤までを指先で辿る。水平線は、また僅かにふくらみを増しているように見えた。

昼下がり――、砂浜の散策をしていると、またもや例の三人組の男児を見かけた。三人は輪になって、何かを見下ろしている。今日も珍しい漂着物を見つけたのだろうか。輪の中心には、数匹の魚が打ち上がっていた。体長三十センチ程の細長い魚で、鰯に似てはいるが、しかし口は大きく裂け、牙状の歯が並び、黒い穴から白い目玉が飛び出している。男児の一人はこの魚を〝オバケイワシ〟と呼んでいた。

「オバケイワシは、あの世の海を泳いでるんだよ。でもときどきこちらの海へやってきて、日の光を浴びて死んじゃって、こうして海辺に漂着するんだよ」

枝で魚の死骸を突きながら、勝手な想像を琴子に話す。琴子は死骸が深海魚であることに気づいていた。男児の勝手な想像も、あながち間違いではない。しかし深海に棲む魚が、なぜ何匹も漂着したのかは、琴子にも分からなかった。

魚に飽きると、子供たちは海岸道路へと駈けていった。琴子は空を見上げるも、今日はウミネコが降りてくる気配はない。海岸道路を見やり、遠ざかっていく男児の小さな背中を眺めるうちに、ふと気づく。あの子たちは、あの長く不気味な揺れの日に、未だこちらにいなかったのだ。

家へ戻ると、玄関で母に声をかけられた。夏野菜のおひたしを作ったから、凪読み様にお裾分けにいってやり。ちょうど琴子は、ヤクルトでも飲みたい気分だった。おひたしの深皿を持って、丸太階段を登る。その途中で、御香の匂いが漂ってきた。盆中なので、どこかの家で線香でも焚いているのだろう。

婆様の家の玄関の硝子戸を叩くが、返事はない。珍しく留守だった。施錠はされていないので、すぐに戻るだろうと思い、勝手に玄関へ入り、靴箱の上にお裾分けを置いた。どうやら御香は、婆様の家で焚かれているらしかった。ヤクルトを貰えずに、帰路を辿る途中、海辺に数人の白装束の人々を見かけた。

夕刻――、太鼓の響きや横笛の音色が、戸外から響いてきた。ベランダへ出て、海辺を眺める。夕日に染まった茜色の砂浜で、白装束の人々が藁船を囲んでいる。アサマズミ・ヨイマズミと呼ばれる祭事で、しめ縄や紙垂《しで》で飾った藁船を、海へと流す。藁船には、お神酒と五穀と、フナダマ様が載せられている。

フナダマ様というのは、船の守り神で、多くは船尾や船室に納められていると聞く。琴子もその実物は見たことがない。〝フナダマ〟という語感から、琴子は勝手に、てるてる坊主のような姿を想像した。藁船には、過去一年の内に廃船になった漁船の、フナダマ様が載せられている。考えてみれば、父の漁船のフナダマ様も、今から九年前に、藁船に載せられ海へ流されたのだ。

参加者は数人の祝人《ハフリト》のみで、見物客はいない。地元民でも、この祭事を知る人は少ない。太鼓と囃子が響き、祝人によって祭唄が捧げられる。――船のともろに驚とめて、鳴かせて大漁、あさまずみ。アラヨーイ、ヤーレソレ、アラヨーイ、サーヨイトネ。松の林に夕日が差して、ののさま流して、よいまずみ。アラヨーイ、ヤーレソレ、アラヨーイ、サーヨイトネ。旋律の最後の一音が響き、一瞬の静寂ののちに、藁船は海へと流される。祝人は海に向かって横一列に並び、跪いて手を合わせる。

「なんで海に藁船を流すの？」

「海の彼方と交信しようとしているんだよ」

「海の彼方には何があるの？」

「ことは何があると思う？」

「常夏の島、ハワイ」

するとと父は、いつもの煙草で掠れた声色でくすくすと笑い、

「そうだな、きっとハワイのような場所と、交信しようとしてるんだな」

そんな父とのやり取りを、琴子はふと思い出した。自分が言葉を覚えて、父が行方不明になるまでの間のことだから、六歳か七歳の夏の日のことだろうか――、そして琴子は、再びあの漂流瓶の手紙を想起する。結果として、自分はアサマズミ・ヨイマズミと殆ど同じ意味合いのことをしていたのだ。返事を待っています。返事なんてくるわけがない。海の彼方との交信なんて、で

きるわけがない。

翌朝――、例のごとく琴子は宿題を早々に投げだし、腹這いになって、海図を眺めていた。家には祖父や父が使っていた海図が、多く残されている。琴子は海図を見て、その海図記号から勝手に物語を想像することが好きだった。遠洋にぽつりと記された沈船マークを見ては、その船が沈んでいく一部始終を思い描く。未だ海底に沈んだままの、コンテナや貨物や船員の亡骸のことを想像する。

昼前に、琴子は縁側でサンダルを履き、海辺へと向かった。昨晩は強い南風が吹いていた。強風のあとには、珍しい漂着物が期待できる。海辺を訪れてみると、砂浜には風紋ができていた。いつか琴子が洗面器に作った波紋の形で、砂浜一面が規則正しく波を描いた状態で静止している。その砂浜に、足跡をつけながら歩いた。

と、風紋の只中に、小さな木製の漂着物が横たわっている。大きさは十五センチ程で、コケシに似た形をしていた。しかし顔は描かれておらず、のっぺらぼうだ。彩色もされていない。白木のままだ。人間で言えば胴体の部分に、切れ目が入っている。その胴体で分割すると、中から一回り小さな、やはりのっぺらぼうの人形が出てきた。その人形にも、胴体に切れ目が入っている。面白い造りをしている。

心を躍らせながら、三つ目の人形を開けたところで、琴子はぎょっとした。人形の内部には、二枚の紙札と、六枚の古銭と、数本の黒い髪の毛が納められていた。

6

関東地方に台風が近づいていた。沿岸には未だ陽が射しているが、潮位は明らかに上昇している。しかし未だ波は穏やかだった。砂浜では数人の若者が、ビーチボールで遊んでいる。一方で港の方角では、漁師が慌ただしく船をビットに固定している。生温い南風を、頬や首筋に感じる。それは遥か南方で、台風が作り出している風に違いなかった。

と、傾斜地の高台に、凪読み様の姿を見つけた。婆様は微動だにせず、じっと遠洋を見つめていた。麻色のほっかむりを解いているので、白髪が潮風に揺らめいている。風を読んでいるのかもしれない。人間はみんな小さな海のようなものだよ、いつか婆様は言った。

——何せ人体の六割は、海水と似た水分だからね。海に満ち引きがあるように、人間の小さな海にも、満ち引きがあるんだよ。

短い散歩から戻ると、畳部屋で座布団を枕に横になった。下腹部に手の平を当てつつ、カレンダーを見やる。次の生理が近い。この時期、琴子の体温は三十七度まで上がる。微熱のせいで身体が怠く、常に眠く、それでいて空腹感を覚える。暫く惰眠を貪ったのちに、のそりのそりと台所へ向かい、冷蔵庫から、祖父が買ってきた船橋屋の餡蜜を取り出す。あなた午前中にも一個食べたでしょう、母が小言を言う。そんなに食べると太るわよ。太ってけっこう。いま糖質を摂らないと、わたしは死んでしまう。

畳部屋で餡蜜を食べていると、颯汰が家へやってきた。キナコがリードを外して、庭からいなくなったという。以前にも同じことがあった。あのとき、キナコは琴子の家の庭で、散歩を待ちわびたかのように尻尾を振っていたのだった。でも今日は来ていない。と、母も畳部屋へやってきて、颯ちゃんいらっしゃい、餡蜜があるからお上がりなさい、と勧める。颯汰は逡巡していたが、結局は畳部屋へ上がった。二人向かい合って、餡蜜を食べる。

「ことちゃん、腫れぼったい目をしてる」

「うん」

「昼寝してたの？」

「うん」

「求肥食べないならちょうだい」

「うん」

琴子はカップを差し出した。琴子は求肥の歯に付く感じが好きではない。颯汰は桃色と緑色の求肥を、二つまとめて匙で口へ放った。頬を膨らませて、カップを琴子に返す。こうして向かい合ってみると、颯汰はいくらか肩幅が広くなったように見えた。骨格が成長して、大人びて見える。でも一夏で、少年が大人になるわけがない。

颯汰は手早く餡蜜を平らげると、すぐに家を出て行った。雨雲が来る前に、キナコを見つけたいという。足の怪我は治りつつあると言うが、それでもまだ包帯を巻いていた。颯汰はやや右足を気遣うようにして、家の前の砂利道を歩いていった。

颯汰が去ったのち、琴子は甘ったるい腹を抱えたまま、再び畳部屋で横になった。血糖値が上がったのか、いよいよ眠くなってきた。頬を畳につけて、縁側の向こうに広がる海を眺める。ボール遊びをしていた若者の姿はもうない。やや大きな藍色の波が崩れ、白い飛沫があがる。琴子は微睡《まどろ》みながらも、自分の乳房に手の平を当てる。水平線は、また少しふくらみを増しているように見えた。


けたたましい黒電話の音に、目を覚ました。畳部屋で横になるうちに、眠ってしまったらしい。家の電話が鳴るだなんて、珍しいことだった。今では祖父でさえもスマホを持っている。寝惚け眼を擦りながら受話器を取ると、電話口の相手は、颯汰の母だった。

「颯汰、ことちゃんの家に居るかねぇ?」

「さっきキナコを探して家にきたけど、すぐまたどこかに行っちゃいました」

「そうかい、塾の時間なのに、どこをほっつき歩いてるんだか」

琴子は受話器を持ったまま、窓の外を眺めた。自分が寝ている間に、雨が降ったようだ。砂浜に斑点状の雨の痕が残っているが、しかし雲間からは陽光が差している。台風は進路を変えたのかもしれない。電話を切ったのちに、颯汰にメールをしてみる。返事はない。居間を覗いてみると、母と祖父の姿はない。買物にでも出かけたのだろうか。頭上から、掛時計の針の音が響いてくる。一四時五〇分——、満潮の時刻が迫っていた。と、玄関から物音が聞こえた。颯汰が戻ってきたのかと思い、縁側から玄関を覗くと、そこには尻尾をふる犬の姿があった。キナコだった。玄関の硝子戸を開けると、背中の茶色の毛を少しばかり雨に濡らしたキナコがこちらを見上げた。頭を撫でてやると、身体を擦りつけてくる。また雨が降るかもしれないので、キナコを玄関へ入れてやる。颯汰に、キナコならうちに来ているよ、とメールを送る。

その後、琴子は座椅子にもたれて、ぼんやりと海を眺めていた。未だ眠気が抜けていない。身体は微熱を持っており、僅かに下腹部が疼く。痛みではなく、湿ったような熱っぽい疼きだった。この時期、琴子は妙に颯汰に甘えたい気分にもなる。もう一度、颯汰にメールを送ってみる。今なら胸を触るくらい、許してあげるのに。

琴子は下腹部に手の平を添えつつ、再び海を眺めた。と、砂浜を横切っていく人影が見えた。その朧気《おぼろげ》な影は、片脚を引きずるようにして、あの手漕ぎボートの船尾に隠れて消えた。背格好が、颯汰に似ていた。キナコを探して、こちら方面へ戻ってきたのだ。琴子は寝惚け眼を手の平で擦ると、縁側でサンダルを履いて、砂浜へと向かった。不思議と波音も聞こえない静寂だった。自分が砂を踏む音だけが辺りに響く。海辺へ出て、波音が途絶えた理由が分かった。海はベタ凪になっていた。大洋は巨大な海水溜まりと化し、海と陸の縁で、海水の揺れるちゃぷちゃぷという音が響くばかりだ。

海上には、水平線まで分厚く暗い積乱雲が続いている。しかし所々でその雲が途切れ、隙間からは青い宝石を思わせる鮮やかな夏空が覗いている。その暗くも眩くもある空を、夥しい数の白い海鳥が、大きな輪を描いて飛んでいた。海鳥は一声も鳴かず、無言のままに上空を旋回している。群れの一羽の海鳥が、灯台の方向へ流れていき、すると他の海鳥もそれを追うように飛行した。白い輪は崩れ、白い線になる。海鳥は灯台の周囲で、何やらぎゃあぎゃあと喚いたのちに、西方へ飛び去っていった。海鳥が居なくなると、氷のように冷たい風が左頬を過ぎていった。

砂丘の麓まで進み、手漕ぎボートの裏側を覗いてみる。誰の姿もない。ボートの内側も覗いてみる。かくれんぼをしたときのように、そこに颯汰が隠れているかもしれない。船底の朽ちた板が並んでいるだけで、今日は砂蟹の姿すらない。底の抜けた杓が転がっているだけだ。背後から海水が、サーと琴子の前方へ伸びていき、ボートの船底を僅かに濡らして引いた。海岸道路へと続く浜辺も見回してみるが、やはり誰の姿もない。さきほどの人影は、誰の影だったのだろう――。おかしな現象が起きていることに気づくまで、時間を要した。このボートにまで、波が届くはずがないのだ。

振り返った琴子は、海で起きている異様な光景に呼吸が止まった。左右の黒い海面が、音もなくむくむくと内側からふくらみ始めている。そのふくらみとふくらみがある地点で重なり、更に巨大なふくらみとなる。そして突如、轟音と共に、黒い津波のような海が砂浜へ打ち寄せた。今度は確かな厚みのある波が、琴子の足首に達した。波に足を取られ、その場に転倒した。足下の砂が、崩れるように勢いよくさらわれていく。砂に汚れた顔を持ち上げると、ボートが陸地側へ五メートルは流されていた。でもよく見ると、ボートと砂丘の位置は変わっていない。船が流されたのではなく、自分が海の側へ引きずられたのだ。四つ這いの琴子に、背後から分厚く重みのある波が覆い被さる。

身体は一度、完全に海中へ沈んだ。下着まで海水に浸されるのが分かった。砂がさらわれるのと同時に、琴子は左の足首をぐいと引っ張られた。波ではなく、人のような力だった。砂を引っ掻き、どうにか身体を押し留める。身体を起こしたとき、ボートはもう遠くにあった。琴子は海の側にまで引きずられていた。心臓が冷たくなる。陸地へ逃げようと、右脚を踏み出したときだった。左手から、海が琴子を追い越していった。琴子を回り込むようにして、周囲が海に浸食されていく。

琴子は海の意思を感じた。海水を吐くように、言葉が口から溢れそうになる。悲鳴をあげてはいけない、泣き喚いてはいけない、海と話してはいけない——、琴子は無言で砂浜を駈けた。しかし琴子よりも、海のほうが早かった。琴子は次第に逃げ場を失い、その頃にはもう上空は黒煙に似た積乱雲で隙間無く埋め尽くされ、辺りは嵐の様相だった。

横波に足を取られて勢いよく転び、鉛色の砂浜に身体を打ちつける。その琴子に、分厚く重い波が覆い被さり、再び身体は海中へ沈んだ。藻掻く最中に誤って呼吸をしてしまい、海水が口腔や鼻腔に入り込み、脳に響く痛みを覚え意識が切れかける。どうにか引き波に堪え、四つ這いになって、気管に入りかけた海水をげぇげぇと吐く。吐き出した黒い海水には、赤い血液が混じっていた。転倒したさいに、口の中を切ったらしい。左目の視界が、少しずつ塞がっていく。触れてみると、瞼の上に柔らかい瘤ができている。そこからもじわじわと、血が染み出している。

と、背後から次の分厚い波が訪れた。海中で四肢をばたばたさせて足掻き、砂に爪を立てて、引き波に堪える。やはり左の足首、ちょうど海月に刺された辺りを、強い力でぐいと引っ張られている。人間の手が、足首を摑んでいるとしか思えない。どうにか波に堪え、振り返って下半身を見ると、海から伸びてくる何本もの黒く長い人間の腕が足首を摑んでいた。それが黒い海藻であるとすぐに理解はしたが、琴子の身体は酷く震えていた。膝が笑ってしまい、立ち上がれない。と、目の前の鉛色の砂浜に、朧気な円柱形の影が伸びていることに気づく。影を瞳で辿っていくと、そこには白亜の灯台が聳えていた。

灯台へ続く石段を這うように登る。灯台の麓から辺りを見ると、すでに砂浜一帯が黒い海と化していた。自分が転倒した場所は、もう暗い深い淀みの中にある。至る場所で、海が隆起と沈下を繰り返している。ふくらみはときに十数メートルにも及び、それは人喰い波に違いないが、しかし目前の悪夢の光景は自然現象には見えず、海の終わり、あるいは世界の終わりにしか見えない。潮位は未だ上昇を続けていた。七つの石段の最初の一段が海に呑まれ、次の一段も海に呑まれた。灯台の中へ避難しようと、鉄扉のドアノブを引くが、南京錠で鍵が掛かっている。

震える手で南京錠を持ち、震える手でダイヤルを回す。颯汰がいくつの数字に合わせていたのか、記憶が定かではない。731か、730か、その辺りだった気がする。731に合わせるが、掛け金は外れない。1の位を一周させて、730に合わせるが、結果は同じだった。ダイヤルをめちゃくちゃに回して、いくつもの数字を試す。鍵は開かない。と、地鳴りのような野太い呻きが轟いてきて、琴子は南京錠を手にしたまま、海を見やる。黒い海には白筋が幾重にも張り巡らされており、巨大な心臓の鼓動のようにして膨張と収縮を繰り返していた。気づいたとき、琴子は奥歯をガチガチと鳴らして、泣き叫びながら、素手で鉄扉を激しく叩いていた。

「お父さん！　ことだよ、お願い、ドアを開けて！　わたしこのままだと、あの黒い海に呑まれちゃう！　お父さん、お願い、ドアを開けて！　わたし、わたし、まだお父さんのところに行きたくないよ！」

いくら叫んでみても、ドアの向こうから返事はない。再び海から轟音が響いてきて、波が激しく灯台へと打ちつける。冷たい金属のドアは、沈黙したように静止している。琴子はドアに背をつけ、その場にゆっくりと尻餅をついた。目の周りの、海水とも涙とも分からないものを手の平で拭う。自分の足首の少し先に、海があった。コールタールのような、ぬめりのある黒い海だった。海はその黒い海面をゆっくり上下させ、石段の最後の一つを登ろうとしていた。と、ポケットでスマホが震えていることに気づく。画面を見ると、何件もの着信が入っている。父が電話をかけているのだ、そう思って慌ててスマホを耳に当てる。受話器から聞こえてきたのは、颯汰の声だった。一瞬の戸惑いのあとに、琴子が嗚咽を洩らしながら状況を告げると、

「馬鹿野郎！　なんで時化のときに灯台になんて居るんだよ！」

颯汰から教えて貰った番号に、南京錠の数字を合わせる。鈍い金属の音を響かせて、錠は開いた。鉄扉を開き、螺旋階段へと向かう。背後からするすると、黒い海水が地を這うように伸びてくる。関節が抜けてしまったかのように、膝下に上手く力が入らない。手摺りに摑まり身体を支えながら、一歩一歩、螺旋階段を登る。塔高は二十メートルほどだが、海のふくらみはそれよりも遥かに巨大だった。潮位がどこまで達するかは、まるで分からない。外壁に波が打ちつける度に、灯台はぎしりぎしりと揺れ、琴子は手摺りにしがみつく。

どうにか螺旋階段を登り切り、灯室へ入ると、琴子はフレネルレンズの横に身を横たえた。光を灯すことを止めた、直径三十センチのフレネルレンズ。そのレンズに身を寄せると、もう指一本と動かすことができなかった。もうこれ以上、わたしには何もできない。玻璃板の向こうからは、海の声が聞こえてくる。産声にも末期《まつご》の声にも似た海の声――、次第に途切れ途切れになる意識の中で、もしこの場所にまで海が達したならば、そのときは海に身を委ねようとさえ思った。

＊

お父さん、元気にしていますか。あれからもう九年が経ちます。小学一年生だったわたしも、今では高校二年生です。身長は一五八センチまで伸びました。だからいくらお父さんでも、もうたかいたかいはできないかもしれませんね。

明後日から、夏休みが始まります。休暇は楽しみですが、宿題は憂うつです。特に読書感想文は、気が滅入ります。そもそもわたしは作文の類いが得意ではないので、もしかしたらこの手紙の文章も、先生に見せたら赤ペンだらけかもしれません。

この九年で、町は少しだけ変わりました。駅前のスーパーが、チェーン店の薬局になりました。海岸沿いに、新しい道路ができました。少しばかり古い家屋が取り壊されて、少しばかり新しい家が建ちました。

お母さんは水産加工場の仕事を辞めて、今は海沿いのコンビニでパートをしています。伊藤酒店が潰れて、コンビニになったのです。でもオーナーは伊藤さんなので、業態を変えただけとも言えます。

お爺ちゃんは漁師を引退しました。さすがに歳には勝てないそうです。でも見る限りではすこぶる元気で、週末には海浜公園広場で、昔の漁師仲間とゲートボールをしています。お爺ちゃんはスティックのことを、〝竿〟だなんて呼びます。ゲートボールと漁は似ているそうです。でもスティックでボールを叩くことと、竿で魚を釣ることの、どこが似ているのか、わたしにはよく分かりません。

颯ちゃんとは、今でもよく遊びます。一度だけ、三人でポートタワーの展望台へ行ったことがありましたね。あのとき、駐車場を走り回ってお父さんに怒られたことを、颯ちゃんは今でも少し根に持っています。

わたしはお父さんがどこに行ってしまったのか、本当によく分かりません。海にいるのか、陸にいるのか、そのどちらでもないのか。でも結果がどうであれ、わたしは本当のことを知りたいと思います。お母さんと、お爺ちゃんも、同じだと思います。

お父さんがすぐに返事を書けるように、瓶には便箋と鉛筆と切手と封筒を入れておきました。それから、お爺ちゃんの部屋からくすねてきた、マルボロを三本と、マッチも。気が向いたときでいいので、煙草でも吸いながら、ゆっくり手紙を書いて下さい。返事を待っています。

今、わたしは、二階の自分の部屋で、この手紙を書いています。海からは、波音が聞こえています。一分間に砂浜に訪れる波の数と、一分間の人間の呼吸の数は、同じくらいだそうです。そのせいかときどき、波音とわたしの呼吸が重なってしまいます。海とわたしが、重なっているような気になります。生命は海から生まれただけあって、わたしたちも海の名残を留めているのかもしれませんね。

七月十九日　C市K浜の海辺より　内田琴子

PS　もしこの瓶をどこかの浜辺で拾った人がいたら、再び海へと返してください。

＊

眩い白い光に、瞼の内側が満たされている。灯台のフレネルレンズの光が、自分を照らしている。とすると、やはり助からなかったのだろうか——。重い瞼を持ち上げると、こちらを心配そうに覗き込む、沢山の人の姿があった。一人の男性が、白い灯光をこちらへ向けている。懐中電灯の明かりだ。自分を囲む人々の中に、颯汰の姿を見つける。琴子は人目も憚らず、いつかと同じように、颯汰に抱きついた。颯汰からは、やはり海の匂いがした。潮と汗の混じった匂い——、琴子の瞳の中に、みるみるうちに泪が溜まっていく。

と、周囲から歓声があがった。安堵するような和やかな声も聞こえてくる。琴子を囲む人々は、灯室へ詰めかけた地元の消防団員だった。琴子は我に返り、すると急に恥ずかしくなり、颯汰の背中に回していた腕をそっと解いた。颯汰は、なぜか困ったような顔で、こちらを見ていた。困ったような顔のまま、何も口にしなかった。

一方で、母にはひどく叱責された。琴子にも言い分はあったが、その叱責を甘んじて受けた。でも一通り言いたいことを言ってしまうと、母は急に優しくなり、未だ海水で濡れたままの琴子の身体に、大きなバスタオルを掛けた。潮位は、灯台内部の床を濡らした程度だったという。それでも、海岸道路から様子を見ていた消防団の話によると、塔壁にまで波は打ちつけていたので、中へ避難していなければ危なかったという。つまりこの灯台が、一人の少女の命を救ったのですね、ポロシャツ姿の男性が明るい声で言う。いつかの市職員だった。

鉄扉から戸外へ出ると、太陽は西の水平線へと傾いており、夕日が海辺を茜色に染めていた。先ほど見た光景が嘘のようで、弧を描く海岸線に、さざ波が寄せては返すばかりだ。

海岸道路近くに積まれた消波ブロックで、一艘のボートが大破していた。あの手漕ぎボートだった。残骸となった材木の上を、七色の貝を背負ったヤドカリが、西日を浴びながらゆっくりと這っていた。


琴子は自宅の畳部屋で、腫れた左瞼を氷嚢で冷やしつつ、ことの顚末を聞いた。颯汰は商店で雨宿りをする最中に、スマホの電池が切れたのだという。その後、再び琴子の家を訪れてみると、誰の姿もなく、玄関でキナコが尻尾を振っている。その直後に、母と祖父が買物から帰宅した。颯汰はスマホを充電させて貰い、姿を消した琴子に電話をかけた。このとき、母も颯汰も、琴子はその辺で雨宿りでもしているのだろうぐらいにしか考えていなかった。

唯一、深刻な顔をしていたのは、祖父だったという。嵐の最中の急な凪は、中天晴れちゅうて、神隠しにあいやすい、わしが若い頃にも、娘さんが一人、忽然と姿を消したことがあってな——、その話も、半分くらいは祖父の作り話だろうと、琴子は思う。左瞼の腫れは、二三日で引くとのことだった。お岩さんになっていると思っていたが、手鏡で見てみると、確かに大した怪我ではなかった。

明くる日――、地元の漁師が、岩場のタイドプールで浮き沈みを繰り返している、白い頭骨を見つけた。イルカの頭骨でも漂着したのかと思い持ち上げてみると、それはどう見ても人間の頭骨で、漁師は腰を抜かした。慌てて警察へと連絡をした。その頭骨の歯列が、生前に父が通っていた歯医者のレントゲン写真と一致したという。異常潮流によって、今まで流れてなかった場所に、海水が流れたのではないか、漁師仲間はそんな話をしていた。

住職を呼んで、簡単な葬儀が行なわれた。母は父の頭骨を撫でながら、お疲れ様でした、と言った。琴子は最初、その意味が分からなかった。漁師である父が、海から帰ったので、お疲れ様なのだと、考えるうちに理解した。

祖父は眉根を寄せて、まったく親不孝な奴だ、と窘《たしな》めるように言った。父は跡を継いで漁師にまでなったのだから、何が親不孝なのか琴子には分からなかった。しかし最後に祖父は、親が幼子に言うような優しげな口調で、しっかり弔ってやるから、安心して補陀落の浄土へ行きなさい、と洩らし、皺の多い顔には涙が伝っていた。

琴子は涙を流さなかった。涙を流すには、もう時間が経ちすぎていた。ただ琴子は、父が自分を抱いたときの、大地が持ち上がる感覚を思い出し、その感覚のほうに涙ぐんだ。それも下瞼から溢れてしまうほどではなかった。

「お父さん、どうしてあのとき助けてくれなかったの?」

琴子は父に尋ねたが、頭骨は何も言わなかった。

7

夏の終わりのある午後――、琴子は颯汰の部屋で行為をした。颯汰の両親が、街へ買い出しに行った隙を狙ってのことだった。琴子が痛みを感じるまでもなく、颯汰は果てた。それでもシーツには、楕円形の赤い染みが残っていた。颯汰はベッドで猫背になって避妊具を外しながら、恥ずかしいから見ないで、と洩らした。恥ずかしいのは、むしろ自分のほうだと琴子は思った。

颯汰の両親が帰ってくるまで、まだ随分と時間が残っていた。その後、二人はどうしていいか分からず、裸のままベッドに座っていた。窓から午後の陽光が差して、颯汰の裸体を照らす。やはり颯汰の身体は、節々が成長している。肩幅は広くなり、胸板は厚みを増し、二の腕には筋肉が隆起している。その姿を見て、少年の颯汰がもうすぐいなくなってしまう気がして、琴子は少し寂しかった。

颯汰の足の裏の怪我は、もう完治していた。琴子が海月に刺された場所と同じく、傷は、彼の足の裏で、薄く白い線になっている。颯汰の足首を持って、その白い線を指先で辿ると、くすぐったいと彼は身体を捩った。少しばかりじゃれ合ったのちに、琴子の顔は颯汰の胸に収まった。

琴子は右耳に、彼の心臓の音を聴いていた。貝殻の音は琴子を動揺させたが、颯汰の鼓動は琴子を安堵させた。それは颯汰の中の、小さな海の音に違いなかった。目の前の彼の胸の筋肉の表面に、ふつふつと銀色の汗の玉が浮いている。琴子はその汗の玉を、それとなく指先でなぞった。

その後、二人は砂浜を散歩でもしようと、戸外へと出た。キナコはいつも二人の気配を感じると、尻尾を振って吠え立てるのだが、その日は珍しく犬小屋の脇で昼寝をしていた。キナコは先日、八歳の誕生日を迎えた。颯汰が保護した日が、誕生日なのだ。琴子はキナコに、牛骨の絵入りの餌入れを贈った。

潮風を浴びながら、二人並んで砂浜を歩く。最初は並んで歩くのだが、颯汰は早歩きなので、琴子は半歩遅れる。琴子は彼の背中に向かって、

「颯ちゃんって、子供は何人欲しい?」

颯汰が急に立ち止まったので、琴子は彼の背中に身体をぶつけた。急に止まらないでよ、と琴子が不平を言うが、颯汰は瞳をぱちくりさせつつ、あらぬ方向を眺めている。ようやく次の一歩を踏み出すと、

「男の子が一人に、女の子が一人、あと犬がいればいいいな」

それだと一軒家がいいのだろうか、犬小屋は芝生の庭に造ればいいのだろうか、などと琴子は思いを巡らす。

海辺に人の姿はない。砂浜には足跡一つ残されていない。自分たちが付けた、平行したり、交わったりする足跡のみだ。前方では砂粒が陽光を弾いており、疎《まば》らに光の粒子が落ちて見える。渚で白波が崩れる瞬間、やはり同じような光の粒が瞬く。

気づくと、琴子はまた半歩遅れている。颯汰はときに肩越しにこちらを見つつ、高校を卒業し

たら、東京の大学へ進学する、その為にこれから受験勉強をする、そんな話をした。今度は琴子が立ち止まって、

「わたしはどうすればいい？」

颯汰は数歩先で足を止めると、こちらへ振り返って、

「ことちゃんも勉強して、一緒に東京の大学に通えばいいんだよ」

もしそれが叶うならば、二人ともこの小さな海辺の町を出ることになる。それも悪くないかもしれないと、琴子は思う。

岬には、今日も白い灯台が聳えている。琴子は水平線を辿ろうと、灯室に指先を置く。でもあることに気づいて、灯台からそっと指を離した。遠くから見ると、その岬の先端に聳える白い塔は、陸の目印にも、海の墓標にも見えた。

初出

いずれも「新潮」に掲載

叩く（「家」から改題）　二〇二三年一月号

アジサイ　二〇一八年十二月号

風力発電所　二〇二一年一月号

埋立地　二〇二一年九月号

海がふくれて　二〇二〇年八月号

書籍化にあたり改稿を施した

叩《たた》く

発　行……2023年 6 月30日

著　者……高橋弘希《たかはしひろき》
発行者……佐藤隆信
発行所……株式会社新潮社
〒162-8711　東京都新宿区矢来町71
電話　編集部（03）3266-5411
　　　読者係（03）3266-5111
https://www.shinchosha.co.jp
装　幀……新潮社装幀室
印刷所……大日本印刷株式会社
製本所……大口製本印刷株式会社
乱丁・落丁本は、ご面倒ですが小社読者係宛お送り下さい。
送料小社負担にてお取替えいたします。
価格はカバーに表示してあります。

ISBN978-4-10-337074-1 C0093